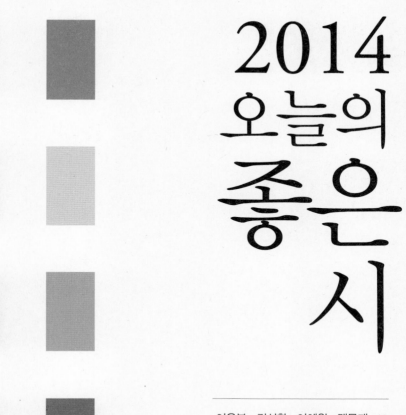

# 2014
# 오늘의
# 좋은
# 시

이은봉 · 김석환 · 이혜원 · 맹문재 엮음

푸른사상
PRUNSASANG

# 2014 오늘의 좋은 시

2013년에 간행된 문예지들에 발표된 시작품들 중 '좋은 시' 125편을 선정해보았다. 이번 선집에 새롭게 들어온 시인의 수를 살펴보니 70명이다. 지난해의 선집에도 70명의 시인들이 새롭게 들어왔었다. 3년 동안 연속해서 선정된 시인의 수는 31명이다. 이 정도면 이 선집은 나름대로 공정성을 가지려고 노력한다고 볼 수 있다. 그렇지만 우리 시단에서 활발하게 작품 활동을 하는 시인들이 무수히 많은 현실을 감안하면, 대표성이 부족한 것도 사실이다. 이 선집에 함께하지 못한 시인들께 안타까움과 아울러 미안한 마음을 전한다.

이 선집에서는 '좋은 시'의 기준으로 시작품에 요구되는 미학적인 면을 수용하면서도 소통의 면을 중요하게 삼고 있다. 소통이라는 기준은 독자의 관점을 내세우는 것이어서 객관성을 갖는 데 한계를 갖지만, 주관성이 지나쳐 소통이 되지 않는 작품들은 선정하지 않았다. 난해한 시들은 적극적으로 수용하지 않은 것이다. 이와 같은 면은 이 선집의 한계이면서 동시에 정체성이기도 하다.

'좋은 시'를 선정하는 작업은 시인들의 성과를 인정하는 점에서 중요하다. 아울러 우리 시의 흐름을 정리해서 지형도를 마련해준다는 점에서도 중요하다. 따라서 이 작업에는 부담감을 갖는데, 앞으로 더욱 책임감을 가질 것이다.

이 선집의 선자들은 '좋은 시'에 대한 책임감을 갖는다는 취지로 선정된 작품마다 해설을 달았다. 그리고 필자를 다음과 같이 밝혔다.

이은봉=a, 김석환=b, 이혜원=c, 맹문재=d.

이 선집이 우리나라 시의 수준을 높이고, 독자와의 소통에 역할을 할 수 있기를 기대한다. 질적인 면이 보증된 작품으로 위축된 시의 문화를 활성화하는 데 기여할 수 있기를 희망하는 것이다. 그리고 내년에는 더 좋은 작품을 만날 수 있기를 기다린다.

2014년 2월 9일
엮은이들

# | 차례 |

# 아버지의 방

강경호

거실에서 바라보면
속속히 들여다보이는 적나라한 방
누군가 꿈을 꾸면
가족들 잠 속으로 꿈이 스미는
거실에 매달린
프라이버시도 없고
비민주적이고 가부장적인
뜨끈뜨끈 덥혀진 우리 집 방들

아버지 돌아가시기 전에
곤하게 잠든 아들 내외 바라보시다가
공부하다 잠든
대학생 큰손자 방 바라보시다가
새벽 네 시에 어머니는 새벽기도에 나가고
손녀딸 혼자 자는 방 바라보시다가
밤새 컴퓨터 앞에 앉아 있는
작은손자 뒤통수 한참 바라보시다가
당신 방에 들어가서는
주무시듯 세상 떠나셨는데,
아버지! 이 세상 떠나기 전
무슨 생각 골똘히 하셨을까

나는 안다 아버지가

9

방마다 바라보며 하시던 생각
고구마 뿌리처럼
아버지에게서 내 꿈속으로 스며든 생각,
저승의 아버지 방문 앞에
하얀 국화꽃을 바치게 하는 마음을.

(시산맥, 겨울호)

누구의 집에나 거실이 있다. 거실은 방들을 연결하는 일로 제 역할을 한다. 시인의 집도 거실을 통해 방들이 연결되어 있다. 아버지(어머니)의 방과, 화자 부부의 방과, 딸의 방과, 아들들의 방을 잇고 있는 것이 이 집의 거실이다. 화자가 보기에 이들 방은 "프라이버시도 없"는 "비민주적이고 가부장적인"인 방이지만 "뜨끈뜨끈 덥혀"져 있다. 아직 아버지가 계시기 때문이다. 아버지는 돌아가시기 전 "곤하게 잠든 아들 내외" 등 각각의 방에 있는 가족들의 모습을 바라보시다가 "당신 방에 들어가서는/주무시듯 세상 떠"난다. 이렇게 세상을 떠난 아버지에 대해 아들인 화자가 회한을 갖는 것은 당연하다. 그래서 그는 자신에게 묻는다, 아버지는 "이 세상 떠나기 전/무슨 생각 골똘히 하셨을까" 하고. 물론 그는 그것을 안다. "아버지가/방마다 바라보며 하시던 생각/고구마 뿌리처럼/아버지에게서" 자신의 "꿈속으로 스며든 생각"을 말이다. (a)

# 간판

강연호

극장 간판을 그리던 사내
한때 그가 이 거리의 간판이었던 적이 있다
끊어먹는 필름과 대형 선풍기와 달큰한 지린내만으로도
목에 잔뜩 힘을 주던 동시 상영관의 시절이었다
역전에서 극장까지 이어지는 이 거리를 접수하는 게
동네 어깨들 필생의 화두였지
사내의 수입이야 입에 페인트칠하는 정도였지만
주변에 공짜표를 선심 쓰는 재미가 그나마 쏠쏠했다
물론 일주일 걸려 그린 간판이 닷새 만에 철거되기도 했다
간판 속에 그려진 사람들 숫자만큼 관객이 들었다던가
그래도 그는 어엿한 미술부장이었다
마지막으로 그가 그린 여배우는 늙어서야 배우다워졌다
눈 밑에 자글자글한 주름과 처진 입꼬리
가장 혹독한 연기 지도는 역시 세월이지
그의 섬세한 평가만큼 붓 터치도 내공이 깊었지만
필름은 끊어지고 과거는 흘러갔다
극장이 문을 닫으면서 그의 뒷소식도 간판답게 덧칠됐다
한때 그가 이 거리의 간판이었다고

(시에티카, 하반기호)

**상영 중에** 필름이 자주 끊어지고 대형 선풍기를 돌려 더위를 쫓던 동시 상영관 시절에 극장 간판을 그리던 사내가 있었다. 그는 "입에 페인트칠하는 정도"의 수입으로 살면서도 이웃들에게 "공짜표를 선심 쓰는" 따뜻한 마음을 갖고 있는 미술부장이었다. 일주일 걸려 애써 그린 간판이 닷새 만에 철거되기도 하는 열악한 환경에도 아랑곳하지 않고 늙은 여배우의 배우다움을 섬세하게 표현할 만큼 "붓 터치도 내공이 깊"었다. 그러한 사내의 숨은 예술혼은 힘이 센 "동네 어깨들"을 물리치고 그 거리를 접수하였는지도 모른다. 세월은 흘러가 극장이 문을 닫으면서 사내도 어디론가 떠나간 후 "뒷소식도 간판답게 덧칠"되어 잊혀졌다. "필름이 끊어지고 과거는 흘러갔"으나 가난한 무명의 화가를 시인은 "거리의 간판"으로 호명하며 기억을 되살린다. 그리하여 물질과 명예를 떠나 제자리를 지키며 극장으로 관객을 불러 모으던 그를 진정한 배우요 예술가라고 넌지시 일러주는 것이다. 대형 극장에 디지털 영상이 호화롭게 비치는 시대에 그 사내는 어디서 무엇을 하고 있을까. (b)

# 인공위성이 빛나는 밤

강인한

못 보던 은빛 신호 깜박거리는 봄밤이었다.

자세한 위치 모르겠어요?
—지동초등학교에서 못골놀이터 가기 전….
지동초등학교에서.
—못골놀이터 가기 전요.
누가, 누가 그러는 거예요?
—어떤 아저씨요. …아저씨! 빨리요, 빨리요!
(강제로 문을 열고 들어오는 소리)
—잘못했어요. 아저씨 잘못했어요….
여보세요, 주소 다시 한 번만 알려주세요.

CCTV 속
어둠을 찢고 나온 커다란 짐승이
젊은 여인을 덮쳐서 질질 끌고 간 그 밤.

노량진수산시장에서 생선을 토막 치듯
280토막 살을 가르고 뼈를 잘랐다.
비닐봉지 14개에 20조각씩, 해체된 돼지고기처럼,
신중하고도 치밀한
야간작업이었다.

액정화면 꺼져버린 밤하늘

어제는 서쪽에서 빛났고, 오늘은 동쪽
낮은 하늘 은빛 싸늘하게 인공위성이 빛나는 밤.

(시인세계, 봄호)

오늘의 자본주의 사회를 압축해 표현하는 말은 많다. '위험사회'라는 말도 그중의 하나이다. 비교적 치안이 잘 유지되고 있다고 하는 대한민국의 사회에서도 위험은 도처에 산재해 있다. 지난 2012년 4월에는 "낮은 하늘 은빛 싸늘하게 인공위성이 빛나는 밤"인데도 수원에서 끔찍한 살인사건이 일어났다. 이른바 오원춘 사건이 그것이다. 성폭행을 위해 그랬는지 인육을 밀매하기 위해 그랬는지는 알 수 없다. 길가에서 젊은 여성 한 명을 납치해 끌고 간 뒤 "노량진수산시장에서 생선을 토막치듯/280토막 살을 가르고 뼈를" 잘라 죽인 것이다. "비닐봉지 14개에" "해체된 돼지고기처럼" "20조각씩"의 사체를 집어넣었는데, 차마 인간으로서 어찌 그럴 수 있다는 말인가. 시인은 지금 살인자의 "신중하고도 치밀한/야간작업"에 전율하고 있다. 인성이 이렇게 타락한 세상에서 살면서 경제 성장이 무슨 의미가 있는가. 무엇보다 사람이 사람답게 사는 세상을 만드는 것이 중요하지 않은가. (a)

# 날개/옷걸이

고형렬

신간은 출간되지 않는다
새로운 언어와 음울함과 서사와 메타포
시행 자체가 사랑의 핏줄이던 시절은
다시 제본되지 않을 것이다
우리는 어떤 문장에도 유혹되지 않는다
서로 붙지 않으려는 접착제처럼
아무도 죽지 않는 시단에서
난조(亂調)는 살아나지 못할 것이다
황사바람의 어둠 속에서 술잔을 기울인다
아름다운 사람들은 모두 떠나고
언제나 못난 자들이 주인이 된다
피도 꿈도 절규도 없는 죽음의 암실에서
파괴된 아틀리에, 시인은 사라졌다
옷걸이에서 시가 죽는다

(창작과 비평, 여름)

화자는 "파괴된 아틀리에"처럼, 진정한 시인이 사라진 시단의 현실을 보며 절규에 가까운 어조로 비판한다. 시의 미학을 이루던 "새로운 언어와 음울함과 서사의 메타포"가 사라지고 만 요즈음 신선한 감동을 주는 신간 시집이 출간되지 않는다고 한다. "시행 자체가 사랑의 핏줄"이 되어 독자들의 가슴을 함께 뛰게 하던 시절은 이미 옛날이 되었다. 독자들은 "어떤 문장에도 유혹되지 않"고 감동하지 않는다. "아무도 죽지 않는 시단"에서 새롭게 태어나는 시인은 보기 힘들어지고 "황사바람의 어둠"이 시의 미래를 가리고 있다. 악화가 양화를 축출하듯이 "못난 자들이 주인"이 되어 아름다운 시를 쓰는 시인들을 등 돌리고 떠나게 한 시단은 "죽음의 암실"이 되었다. 이제 "피도 꿈도 절규도 없는" 시에서 삶의 활력과 미래에 대한 소망을 얻으려는 기대를 버려야 하는 것일까. 옷걸이에 걸린 화려한 옷이 되어버린 "시가 죽는다". (b)

# 열매는 왜 둥근가

능곡 매화나무 가로수 아래
잘 익어 떨어진 노란 매실들
매실들을 밟으려다가 열매는 왜 둥근가를 생각했네

새잎부터 가뭄과 장마를 잘 견뎌
타죽거나 떠내려가지 않고
꽃이었을 때 비바람에 잘 견뎠다는 점수겠네

노란 색연필로 동그라미를 꽉 채운 색깔과 향기는
오래 견딘 열매에게 주는
참 잘했다는 하늘의 칭찬이겠네

잘 익은 매실을 바라보다가
세상의 모욕을 잘 견뎌 둥그러진 사람 하나를
오랫동안 생각했네

모든 열매는 둥글다. 네모진 열매, 세모진 열매가 있는가. 열매는 본래 곡선의 산물이다. 곡선은 직선이 세월을 잘 견딜 때 만들어진다. 직선의 시간은 꽃의 시간, 꽃의 시간을 잘 지내고 열매의 시간에 이를 때 만나는 것이 둥근 세계, 곡선의 세계이다. 시인은 이 시에서 바로 그런 가치에 대해 생각한다. "매화나무 가로수 아래/잘 익어 떨어진 노란 매실들/매실들을 밟으려다가 열매는 왜 둥근가를 생각"하는 것이다. 그가 보기에 매실의 "동그라미를 꽉 채운 색깔과 향기는/오래 견딘 열매에게 주는/참 잘했다는 하늘의 칭찬이"다. 따라서 그가 "잘 익은 매실을 바라보다가/세상의 모욕을 잘 견뎌 둥그러진 사람 하나를/오랫동안 생각"하는 것은 당연하다. 세월을 잘 견디고 이승을 떠나게 되면 쌓게 되는 무덤도 둥글다. 물론 공동묘지에는 4각의 무덤이 없지 않다. 하지만 그것은 땅을 경제적으로 쓰려는 효율주의의 산물일 따름이다. 모든 죽음은 둥글다, 모든 씨앗이 둥글듯이. ⓐ

# 드럼세탁기

권성훈

여름 베란다 한쪽
외출에서 돌아온 날들이 뒤섞여 있다
일주일도 넘은 쉰내 나는 아버지와
어젯밤 외박을 하고 온 비린 새엄마와
오늘 월경을 시작한 풋내기 누나
어디서 왔는지 묻지 않아
팔이 사타구니 속에 사타구니가 가슴 사이로
아랫도리가 윗도리 속에 윗도리가 아랫도리 사이로
서로 얽히고설킨 꿈처럼
네가 내가 되어
내게서 네가 나오고
나에게 우리가 들어오기도 하는
안쪽과 바깥쪽이 있지만 없는 뫼비우스 띠
서둘러 돌아와서 돌아가
멈칫 돌아온 길을 돌아보며
다시 반대 방향으로 되돌아간다
몸과 몸을 섞으며
거리와 거리를 섞으며
시간과 시간을 섞으며
쉬었다 돌아가다 돌아와
그것들이 재미있다며 왔던 곳으로 뒤돌아간다
삑삑 소리를 내며 피범벅이 된 채
가끔 물처럼 긴 호스로 연결된
불이문을 빠져나가기도 하는.

(유심, 9월호)

작품의 화자에게 "세탁기"의 의미는 "뒤섞"인다는 것이다. "아버지"와 "새엄마"와 "풋내기 누나"가 뒤섞이고, "아랫도리가 윗도리 속에 윗도리가 아랫도리 사이로/서로 얽히고 설킨"다. 그리하여 "네가 내가 되"고 "내게서 네가 나"온다. 그리고 "나에게 우리가 들어오기도" 한다. "안쪽과 바깥쪽이 있지만 없는 뫼비우스 띠"의 세계인 것이다. 그렇다면 "몸과 몸을 섞으며/거리와 거리를 섞으며/시간과 시간을 섞"는 세계는 존재할 수 있을까? 결코 존재할 수 없다. 차별적인 상태를 초월한 절대적이고 평등한 세계는 있을 수 없는 것이다. 그 "불이문"의 세계는 죽음의 순간에만 가능하다. 그리하여 작품의 화자는 그와 같은 세계를 제시하지 않고 "피범벅"의 세계를 그리고 있다. 그 속에서도 서로 사랑하고 이해하고 양보하고 심지어 희생하며 "우리"가 되는 사람들이 있다. "뒤섞"이는 의미를 다시금 생각한다. (d)

# 두 손 두 발 다 들고

권혁웅

연포탕 속의 낙지가 앗 뜨거, 앗 뜨거 하면서
냄비 바깥으로 손을 뻗는다 아니, 발이었나?
잠시 후면 두 손 두 발 다 들고
쫄깃한 육신을 탕 속에 흩뿌릴 테지만
그 전에 프리즌 브레이크
파이널 시즌을 시도하는 것이다 나도 한때,
그런 탈출을 꿈꾼 적이 있었지
멸치 육수가 흐를 듯 후덥지근한 숲 속 빈터였다
뼈도 연골도 없이 그녀에게 매달렸지만
그녀가 앉은 벤치는
나박나박 썬 무처럼 너무 담백했다
우리 그냥 친구 하자고
우정이 애정보다 좋은 열두 가지 이유를 말하는
그녀의 입은 청양고추만큼이나 매웠다
냄비 속 연옥을 빠져나갈 수 없음을 느끼고
낙지는 마지막 먹물을 뿜는다
눈앞이 캄캄해진 내게
슬라이스로 썬 마늘을 투척하는 그녀
이게 남자한테 그렇게 좋다네
우정과 정력의 모순 형용 앞에서
후후 불며 나를 들이켜는 그녀와
두 손 두 발 다 들고
파와 마늘 사이로 숨는 낙지와 나와 쑥스러운 쑥갓과
연포탕에는 그렇게 뿐이 모여 있었다

(실천문학, 여름호)

화자는 우선 "앗 뜨거, 앗 뜨거 하면서/냄비 바깥으로 손을 뻗는" 연포탕 속 낙지부터 그린다. 그런 다음 이런 모습의 낙지가 보여주는 안간힘을 드라마 〈프리즌 브레이크〉나 영화 〈더 파이널 시즌〉 등과 비교한다. 이어 이들 영상의 주인공과 낙지와 내가 동격임을 밝히기 위해 "나도 한때,/그런 탈출을 꿈꾼 적이 있었"다고 말한다. "후덥지근한 숲 속 빈터"에서 "뼈도 연골도 없이 그녀에게 매달렸지만" 그녀가 "그냥 친구하자고/우정이 애정보다 좋은 열두 가지 이유를 말"한 것이다. 화자는 이때의 자신을 "연포탕 속의 낙지"로 알레고리화한다. 낙지가 그렇듯이 그도 "냄비 속 연옥을 빠져나갈 수 없음을 느"낀다. "마지막 먹물을 뿜는" 낙지, 낙지 같은 내게 그녀는 "이게 남자한테 그렇게 좋다네" 하며 연포탕 속의 내게 "슬라이스로 썬 마늘을 투척하"기까지 한다. 그렇게 하여 연포탕 속에는 "나를 들이켜는 그녀와/두 손 두 발 다 들고/파와 마늘 사이로 숨는 낙지와 나와 쑥스러운 쑥갓"이 함께 모여 있는 것이다. 지옥이나 천국에 가기 전의 장소인 연옥으로 비유되고 있는 연포탕이야말로 실제의 삶의 현실인지도 모른다. (a)

# 의자만 남아서

길상호

좀처럼 말이 없던 의자인데요, 당신이 떠나고 난 뒤 부쩍 말이 늘었습니다, 이제는 바람의 기척에도 빠짐없이 대꾸를 합니다, 쇳내 나는 말들은 못처럼 삭았는데요, 잠 못 들던 당신의 술주정인지, 마른 혀로 겨우 밀어내던 유언인지, 아니면 햇빛처럼 먼지처럼 떠돌던 영혼이 내쉬는 한숨 같기도 한데요, 삐걱삐걱 그 말들 알아들을 수 없습니다, 늘 어두웠던 당신 어깨처럼 기울어진 의자, 당신의 시선이 머물기 좋아하던 목련 가지엔 거미줄만 흔들리고요, 껍데기만 남은 낮달이 흔들리다, 꽃잎처럼 뚝 떨어지고요, 의자는 또 옹이 속에서 흔들리는 목소리를 꺼내놓습니다. 숨소리와 함께 식어가던 당신의 말이 귓속에 들어와, 삐걱삐걱……

(시인동네, 여름호)

**누군가의** 빈자리는 그가 부재할 때 비로소 확연해진다. 이 시에서는 그가 늘 앉아 있던 의자를 통해 그의 부재로 인한 공허감을 절절하게 드러내 보인다. 생전에 그는 그다지 환영받는 인물은 아니었을 것이다. 그가 의자에 앉아 토로했던 말들은 술주정이나 유언이나 한숨에 지나지 않는다. 오직 의자만이 그의 하소연을 들어주었을 것이다. 의자는 늘 지치고 기울어진 그의 몸을 받아주고 횡설수설하는 그의 말에 귀 기울였다. 그리고 그가 떠나고 없는 지금, 그토록 조용히 듣고만 있던 의자가 말을 하기 시작한다. 의자의 말은 그가 중얼거렸던 말들처럼 알아듣기 힘들다. 그의 말이 그리운 것일까? 의자는 바람의 기척에도 빠짐없이 대꾸하며 흔들린다. 의자와 그는 서로에게 가장 좋은 말동무였음에 틀림없다. 그가 떠난 빈자리를 의자는 쓸쓸한 혼잣말로 달래고 있다. 이 시에서는 의자와 그로부터 약간의 시간적·공간적 거리를 둔 채, 그들의 꽤 친밀했던 관계를 그려 보인다. 조용히 듣기만 하던 의자가 혼자 남겨진 후 자주 삐걱이는 소리에서 애잔한 마음을 읽어내는 섬세한 눈길이 돋보인다. (c)

# 바람의 사원

김경윤

영혼의 행려자들이 머물다 가는 이 사원에 들어 한 달포 머물러도 좋으리 남루를 끌고 온 오랜 노독을 풀고 고단한 일상의 구두를 벗어도 좋으리 바람의 거처에 가부좌를 틀고 사무치는 날이면 바람과 달빛이 다녀간 대웅전 기둥에 기대어 바람의 손가락이 남기고 간 지문을 읽듯 뼛속에 새겨진 비루한 생을 더듬어도 좋으리 주춧돌에 핀 연꽃 향기가 그리운 밤이면 사자포에서 기어온 어린 게에게 길을 묻고 새벽녘엔 흰 고무신 헐렁한 발자국들 따라 숲길에 들어 밤새 숲이 흘린 푸른 피를 마셔도 좋으리 눈발이라도 다녀간 날이면 동백 숲 아래서 푸른 하늘길로 한 생을 떠메고 가는 동박새의 붉은 울음소리를 들어도 좋으리 새들이 날아간 자리마다 제 그림자를 무릎 밑에 묶어놓고 참선에 든 나무들처럼 그대 나무 그늘에 펼쳐놓은 바람의 경전을 눈 시리게 읽어도 좋으리 살아온 세월만큼 법어가 새겨진 그대의 몸은 어느새 바람의 사원이 되리니 바람의 사원에 들어 달마의 이마를 치는 낭랑한 목탁소리를 들어도 좋으리

(문학들, 겨울호)

"바람의 사원"에 대한 상상을 담아내고 있는 시이다. 바람의 사원은 어떤 곳인가? 무엇인가? 일단은 "영혼의 행려자들이 머물다 가는" 사원이다. 화자도 "영혼의 행려자"인 만큼 "이 사원에 들어 한 달포 머물러도 좋으리"라. "오랜 노독을 풀고 고단한 일상의 구두를 벗어도 좋으리"라. "사무치는 날이면 바람과 달빛이 다녀간 대웅전 기둥에 기대어" "뼛속에 새겨진 비루한 생을 더듬어도 좋으리"라. "주춧돌에 핀 연꽃 향기가 그리운 밤이면" "어린 게에게 길을" 물어도 좋으리라. 그런 "새벽녘엔 흰 고무신 헐렁한 발자국들 따라 숲길에 들어 밤새 숲이 흘린 푸른 피를 마셔도 좋으리"라. "눈발이라도 다녀간 날이면 동백 숲 아래서 푸른 하늘길로 한 생을 떠메고 가는 동박새의 붉은 울음소리를 들어도 좋으리"라. "참선에 든 나무들처럼 그대 나무 그늘에 펼쳐놓은 바람의 경전을 눈 시리게 읽어도 좋으리"라. "살아온 세월만큼 법어가 새겨"져 있는 곳이기는 "그대의 몸"도 마찬가지이기 때문이다. 그러니만큼 그대의 몸은 "어느새 바람의 사원이 되리니" 그대도 "바람의 사원에 들어 달마의 이마를 치는 낭랑한 목탁소리를 들어도 좋으리"라. 그리고 보면 '바람의 사원'은 우리의 몸인가. 비의적 환희의 공간인 "바람의 사원"을 상상하고 있는 것이 이 시이다. ⓐ

# 다랑쉬오름에서

김광렬

분화구 위로 한 떨기 수국처럼 낮달이 파리하다

사연을 모르는 사람들은

저기 웬 낮달 하나 떠 있군,

하는 정도로 무심히 흘려버린다

내가 감히 밟고 선 오름 저 아래 동굴에서

죽은 사람들이 발견된 적이 있다

몇 구의 해골과 허연 손톱과 찌그러진 그릇과 사금파리와

두려워서 도저히 세상으로 나가지 못한 캄캄한 마음과

그런 것들이

삼십 년 아픔의 시간을 보내다 그 모습을 드러냈다

공포로 떨던 시간만큼 원한의 시간도 길 것이다

수심 머금은 낮달이 소리 죽여 운다

(시와시, 여름호)

29

**시인의** '윤리'는 사람이나 사회나 이념에 대해서만이 아니라 자연에 대해서도 요구된다. 시인이 자연을 경치의 대상으로만 노래해서는 안 되는 것이다. "사연을 모르는 사람들은", 즉 역사적 사실을 알지 못하는 사람들은 "다랑쉬오름"을 "무심히 흘려버"리기 십상이다. 그렇지만 "몇 구의 해골과 허연 손톱과 찌그러진 그릇과 사금파리"가 발견된 역사적 사실을 알고 있는 시인은 그냥 지나치지 않는다. 오히려 "두려워서 도저히 세상으로 나가지 못한 캄캄한 마음"과 함께하려고 나선다. 이것이 자연에 대한 시인의 윤리이다. 그리하여 "다랑쉬오름"은 제주 4·3항쟁의 아픔이 고스란히 담긴 역사적 공간이 된다. "다랑쉬오름"은 제주도 한라산 동부에 있는 측화산(側火山)의 한 곳이다. 측화산이란 큰 화산의 분화구 등성이에 생긴 작은 화산으로 기생 화산으로 불리기도 한다. "오름"은 축화산을 뜻하는 제주 지역의 말이다. 제주도에는 360여 개의 오름이 있다. (d)

# 쇠똥구리의 춤

김규화

까만 머리통에 볼펜으로 두 눈동자를 찍은
손톱만 한 몸뚱이, 반짝이는 갑옷
앞다리 갈퀴와 뒷다리 톱니로 쇠똥더미에 올라 곰상곰상
쇠똥을 굴려 금방 구워낸 똥경단
핑크 냄새 나는 달덩이 빵
달은 없고 고공 철탑농성 2백 일
비정규직 B씨의 눈에는
별 없는 칠흑 밤하늘이
두 아이와 아내를 위한 더 큰 빵만 하였다

쇠똥구리 작은 눈을 화등잔만큼 키우고
말랑한 똥경단 밟고 오른 무대에서
팔을 비틀고 다리를 꼬아 깨끼춤을 춘다
하늘을 조아 은하수 등불을 찾는다
은하사다리가 감마선 광목을 펼쳐 미끄럼 타고 내려오면
똥경단을 탈없이 집으로 가져가기
달덩이 빵을 빼앗기지 않기

하늘 공중에 떠서 굶고 사는 B씨가
은하 젖줄에 더 가까이 가려고 양 어깨를 들썩인다

똥 굴려 똥경단 먹고
똥경단 틈새에 새끼 낳고

똥 구워서 쇠똥찜 한다


* 쇠똥구리가 오직 은하수빛에 의해서만 돌아갈 길을 찾는다는 사실이 남아프리카공화국과 스웨덴 연구진에 의해 밝혀졌다. (『경향신문』 2013.1.14)


(시문학, 8월)

시인은 먼저 "갈퀴와 뒷다리 톱니로 쇠똥더미에 올라 곰상곰상/
쇠똥을 굴려" "똥경단"을 빚는 "쇠똥구리"의 모양과 생태를 묘사한다.
그런데 그것은 소외된 이들의 삶을 구체적으로 보여주기 위한 미적 장
치일 뿐이다. 그 "쇠똥구리"는 "고공 철탑농성 2백 일"에 돌입한 "비정
규직 B씨"에 비유되고 "똥경단"은 "달덩이 빵"으로 변용된다. 그리하여
"쇠똥구리"는 이 시대의 약자를, "고공 철탑"은 그들이 살아가는 험하고
위태로운 삶의 현장을 전형적으로 보여준다. 시인은 이처럼 모순된 사
회 현실에 관심을 갖되 '똥'과 '빵'이라는 이질적 이미지를 하나로 묶으
며 반어적 구조를 유지함으로써 시적 효율성을 높이고 있다. "하늘 공중
에 떠서 굶고" 살지만 가진 자들에 비해 더 진실하고 아름다운 세계인
"은하 젖줄"을 지향하는 약자들에 대한 시인의 시선이 따스하다. (b)

# 불가지

가지에서 가지가 나온다.
가지 속에 있던 수많은 가지들을
가지 속에 없던 더 많은 가지들을
불이 맹렬하게 꺼내고 있다.
어디서 오는지 모를 불가지들이
가지를 뚫고 태어난다.

타오르는 가지들은 휘어진다.
제 안에서 일어나는 힘을 이기지 못하고
제 성질을 견디지 못하고
제풀에 구부러진다.
태어나자마자 뒤틀린다.
자라자마자 사라진다.

나무가 한평생 광합성한 빛과 열이
구불구불 솟구친다.
풀리는 압축이 뜨겁고 격렬하다.
몸통과 줄기가 들어갈 틈이 없다.

가지가 가지에 뿌리박고 있다.
제 뿌리를 먹으며 가지가 자란다.
제 몸을 파먹으며 가지가 자란다.
제 허공을 먹어치우며 가지가 자란다.
가지에서 나온 가지들 무성하다.

나뭇가지에 대한 상념을 담고 있는 시이다. 하지만 이 시에서는 나뭇가지라는 말보다 "가지"라는 말을 쓰고 있다. 나뭇가지에 한정하지 않고 가지 일반을 포괄해 노래하기 위해서이리라. 이를 통해 모든 가지들의 보편적 특징을 말하고 싶었던 것이 시인이 아닐까. 가지는 본래 가지에서 나오는 법이다. 겉으로는 보이지 않지만 가지 속에는 "수많은 가지들"이 들어 있기 마련이다. 이 가지들을 가지에서 꺼내는 것은 불이다. 이때의 불은 "나무가 한평생 광합성한 빛과 열"을 가리킨다. 모든 가지가 다 이런 불을 지니고 있는 만큼 가지를 불가지라고 부르는 것은 당연하다. 이 불가지들은 제 속에 불을 지니고 있는 만큼 일단 먼저 타오를 수밖에 없다. 하지만 이내 "타오르는 가지들은 휘어"지고 만다. 가지 속에 불을 지니고 있는 만큼 "제 성질을 견디지 못하고/제풀에 구부러"지고 마는 것이다. "한평생 광합성한 빛과 열"을 간직하고 있는 만큼 "구불구불 솟구"치는 것이, "뜨겁고 격렬"한 것이 이들 가지이다. 가지가 지니고 있는 이런 격렬함 때문에 시인은 "가지가 가지에 뿌리박"는 다고, "제 뿌리를 먹으며 가지가 자란다"고, "제 허공을 먹어치우며 가지가 자란다"고 표현하고 있는 것이리라. (a)

# 아카시아

김예태

아카시아, 아카시아
자꾸 부르면 아카샤
아카샤, 나타샤, 카츄샤
두어라, 뽑아라, 내쳐라, 두어라
TV가 들썩거릴 때마다 연신 뿌리를 내려
마침내 백만 시대*

알 아시아, 알 아시아
진주만 하늘을 덮으며 폭격기 날아들고
이시하라** 구둣발 소리 아직도 저벅거린다
아카시아, 아카시아
다시 불러보니 아가씨야
은장도 날선 칼끝으로 구름을 도려내고
넘실거리는 머릿결로 꿀단지를 안고 돌아온 얀 할머니 플루흐 할머
니***

아카샤 아카시아 아가씨야
만주 땅 눈벌을 걸어 백석을 찾아 나섰다가
눈[雪]물[水] 조롱조롱 달고 눈[雪]꽃[花] 송이송이 피우며 성북동 산허리로
돌아온
나타샤****가
카츄샤*****의 손을 잡고 시베리아로 떠난다

시베리아의 툰드라 동토층이 녹기 시작한다


* 2010년 재한 외국인의 수가 백만 명이 넘는다는 조사 결과가 나왔다.
** 일본의 극우파 보스.
*** 일본군 위안부 피해자들.
**** 백석 시인을 사랑한 나타샤가 성북동에 길상사를 세우다.
***** 톨스토이의 소설 『부활』에 나오는 여주인공.


(시문학, 6월호)

**시인의** 욕망의 대상은 유사한 기표로 미끄러지며 이동한다. 이 과정에서 기표가 지시하는 대상체가 사라지고 해석체(기의)도 무의미가 되어버린다. 시인은 "아카시아"라는 나무의 이름을 부르다가 외국인 수가 백만이 넘게 유입된 한국의 현실과 일본의 극우파 보스 "이시하라"와 일본군 위안부 피해자인 "플루흐 할머니"를 떠올린다. 그리고 백석 시인이 사랑한 "나타샤"와 소설 『부활』의 여주인공 "카츄샤"까지 환상의 빈 자리로 영입한다. 호명된 이들은 모두 다른 인물들이지만 이름 즉, 기표의 유사성을 갖고 있을 뿐만 아니라 타자의 욕망에 상처를 받았다는 공통점이 있다. 아무튼 시인은 경쾌한 언어유희를 통하여 유입 인구가 백만이 된 다문화 시대를 행복하게 할 삶의 원리는 자신을 짓밟은 원수를 위해서 침묵하며 죄인이 되어 유형지로 간 카츄샤가 보여준 사랑임을 보여 암시한다. (b)

# 요람에서 무덤까지

김명철

꽃나무가 마르고 있다
좋은 꽃을 보기 위해서는 고생시켜야 한다고
물을 주지 않는다고 한다 이파리들이
뼈만 남은 아이의 검은 팔처럼 늘어져 있다

기다려 기다려 아프리카처럼 기다려 아직 때가 아니야 검은 팔과 검
은 다리 아직 때가 아니야 황금꽃을 피울 자리 우린 찾아 헤매지 어디든
있어 하지만 어디든 없지 기다려 기다려 끊임없이 기다려

여름은 여름다워야 한겨울을 버틸 수 있다고
올 여름에는 폭염과 폭우가 유난을 떨었나보다 여기저기
나무의 짓무른 허리들이 꺾여 있다
고지를 탈환하던 계곡의 병사들 같다

아직도 우리는 사과파이만 만들지 크게 크게 더 크게 크기만 키우지
기다려 기다려 고지가 저기야 젊음을 불태워 불꽃을 만들어야 해 우린
깨끗이 피고 질 한 떨기 꽃일 뿐이야 기다려 기다려

사랑의 빛을 밝히기 위해서는
어둠이 짙을수록 좋다고 한다 나무의 뿌리가
통째로 뽑힌 채 검은 하늘을 향하고 있다
석 달 만에 발견된 쪽방 독거노인의 얼굴처럼

(딩아돌하, 가을호)

39

시인은 꽃나무가 자라 죽기까지의 과정을 통해서 "요람에서 무덤까지" 가는 인간의 한계와 부조리를 보여주고 있다. 인간은 좋은 꽃을 보기 위해 꽃나무에 물을 주지 않고 고생시키는 탐욕스럽고 무모한 존재인지도 모른다. 그러한 인간은 이파리처럼 늘어진 "검은 팔과 검은 다리"에서 "황금꽃을 피울 자리"를 찾아 헤매며 끊임없이 기다린다. 그리고 기다리는 동안 여름이 왔으나 "여름은 여름다워야 한겨울을 버틸 수 있다"며 "폭염과 폭우"에 "나무의 짓무른 허리들이 꺾여" 있는 것을 볼 뿐이다. 그걸 보면서도 달콤한 "사과파이만 만들"며 고지에 이르기 위해 더 "크게 크기만 키우"고 "젊음을 불태워 불꽃"을 만들며 기다린다. "사랑의 빛을 밝히기 위해서는 어둠이 짙을수록 좋다"고 하며 고생하고 상처를 당하며 무언가를 기다리던 나무는 끝내 "뿌리가 통째로 뽑힌 채" 죽고 말았다. 그 비극적인 나무에 비유된 "석 달 만에 발견된 쪽방 독거노인의 얼굴"은 어느 부모의 모습일까. 아니, 늘 오늘보다 더욱 행복한 내일을 기다리며 살아가는 모든 인간들의 미래인지도 모른다. (b)

# 휠체어

김민철

봄산이 환자들로 가득하다
나무는 겨울몸살로 꽃망울 콧물을 훌쩍거리고
개구리는 작은 동굴 병실에서 의식을 찾지 못하고
격리 수용된 버들치에겐 살얼음 찜질이 끝나질 않는다

뭉게구름이 산봉우리에 둘둘 말려 고인 곳에서
나는 어린 새들의 깃털을 환자복이라 불렀다 환자복 주머니에는 함박
눈 말조바람 얼음비가 꾸깃꾸깃 뭉쳐져 있다

흙은 봄산의 피부에 햇살 스프레이를 뿌려본다
하얀 노란 분홍 잎사귀로 새살이 돋아나는 것 같다 그러나 아직은 봄
산이 머리는 초가지붕을 베고 등허리는 옆으로 돌려 누워 있는 시간

나는 닭의 목을 베어 새벽을 깨우는 울음부터 삶으려 한다
생각을 잃어버린 닭 몸뚱이가 마당을 굴러다니다 멈춘다

닭에게 날개는 고장 난 휠체어라는 사실을 알았다

나는 골짜기에 열꽃을 피워 보일러를 돌린다 봄산 아랫목에서 시들시
들 앓고 있는 노인이 이승에서 저승으로 가는 휠체어를 수리하는 아침에

(현대문학, 3월호)

"**봄산이** 환자들로 가득하다"는 첫 문장이 구미를 당긴다. "봄산이 생명으로 가득하다"라는 상식과 충돌하는 '낯설게 하기'가 신선하다. 이런 문장은 시 전체를 견인하는 축이 될 만큼 힘이 세다. 이제 봄산에 가득한 환자들의 양태를 묘사하는 것만으로도 시의 내용은 충만해진다. 봄산을 병원으로 보면 그 안에 있는 모든 생명은 앓고 있는 것처럼 보인다. 심지어 꽃망울을 터뜨리려는 나무도 "겨울몸살로 꽃망울 콧물을 훌쩍거리"는 것 같다. 겨울잠에서 깨어나려는 개구리는 "작은 동굴 병실에서 의식을 찾지 못하"는 것으로, 살얼음 밑에서 헤엄치는 버들치는 "살얼음 찜질이 끝나질 않"은 것으로 비유된다. 생명이 움트는 모습으로 볼 수도 있는 장면들이 앓고 있는 상태로 그려진다. 그만큼 봄산에는 겨울과 봄, 추위와 온기, 죽음과 생명의 징후들이 혼효되어 있다. 이 시에는 이런 불완전하고 애매한 상태나 시간에 대한 통찰이 깃들어 있다. 모든 생명이 활력으로 넘치는 것은 아니다. 닭에게 날개는 비상의 기능을 잃은 "고장 난 휠체어" 같은 것이다. 봄산 아랫목에서는 "이승에서 저승으로 가는 휠체어를 수리하는" 노인이 있다. 이렇게 약하고 불완전하기 때문에 생명은 더욱 안쓰럽고 애틋한 것이리라. (c)

# 프로그램

높은 탑의 계단을 기진맥진으로 올라가서 드러누운 꿈을 꾼 그날 오전, 서울신문에서 전화가 와서 신춘문예 당선소감을 썼다

가마를 타고 영전하는 상관의 뒤를 나도 작은 가마를 타고 갔다가 가마가 부서진 꿈을 꾼 후, 상관은 실장으로 승진했으나 과장후보 심사에서 나는 일 년을 더 기다려야 했다

이집트의 토트모스 4세는 왕자 시절에 스핑크스의 발밑에서 잠들었다가 파라오가 되리라는 예언을 받았지

마호메트는 꿈속에서 천사장 가브리엘과 함께 은빛 말을 타고 하늘의 일곱 세계를 지나 알라를 만난 후 예언자가 되었지

시간을 꿰맨 실밥이 터지자 불가사의한 꿈의 풍경들이 잠깐 흘러나와 블랙박스인 내 심장을 아프게 했다

전생의 꿈이 빙하처럼 녹아내리면서 현생의 내 스토리를 펼쳐놓았다

숙명은 가죽채찍으로 등을 때리는 임자(王子)의 눈길과 손길이었다

인류는 아메바에서 물고기와 공룡을 거쳐 영장류에 이르는 목숨의 꿈을 어머니의 자궁에서 열 달 동안 꾼 후 새 시간 속에 깨어난다

나는 위대한 꿈이 내 인생의 무늬를 바꾸는 프로그램을 생각하며 작은 꿈들이 큰 꿈의 리듬 안에서 맴놀이하는 소리를 듣는다

(시로 여는 세상, 봄호)

**3연으로** 된 산문시이다. 산문이기는 하지만 한 문장을 한 행으로 처리하는 형식을 취하고 있다. 3음보나 4음보를 단위로 만들어지는 리듬의 상투성이 시인은 지겨웠으리라. 이 시의 이들 문장은 모두 3연으로 나누어져 있다. 1연은 자신의 꿈 이야기이다. 1행은 현실에서 성공을 만드는 꿈 이야기이고, 2행은 현실에서 패배를 만드는 꿈 이야기이다. 그런 점에서 이들 꿈은 모두 예언적이다. 꿈은 무의식의 발현태라고 한다. 무의식은 파편화된 이미지, 이야기, 정서로 이루어져 있다. 이런 점에서 꿈은 과학보다 시에 가깝다. 2연은 이집트의 토트모스 4세와 마호메트의 꿈 이야기로부터 시작된다. 이들 꿈 모두 예언적 기능을 하거니와, 시인이 보기에 이들 꿈은 "시간을 꿰맨 실밥이 터지"는 데서 비롯된다. 현생의 스토리가 이미 펼쳐져 있다고 이해하고, 꿈을 통해 그것이 "빙하처럼 녹아내"린다고 생각한다. 그는 이렇게 주어지는 숙명을, 곧 "가죽채찍으로 등을 때리는 임자(王子)의 눈길과 손길"을 십분 인정한다. "어머니의 자궁에서 열 달 동안" 사는 동안 인류사의 전 과정을 상징적으로 체험하는 것이 사람이다. 한편 그는 현실의 "위대한 꿈", 곧 위대한 의지가 "인생의 무늬를 바"꾼다는 것도 잘 안다. "작은 꿈들이 큰 꿈의 리듬 안에서 맴놀이하는 소리를 듣는" 것이 그이다. (a)

# 엉덩이
— 영주에서는

김사인

영주에는 사과도 있지
사과에는 사과에는 사과만 있느냐,
탱탱한 엉덩이도 섞여 있지
남들 안 볼 때 몰래 한 입,
깨물고 싶은 엉덩이가 있지

어쩌자고 벌건 대낮에 엉덩이는 내놓고
낯 뜨겁게시리 낯 뜨겁게시리
울 밖으로 늘어진 그중 참한 놈을 후리기는 해야 한다네 그러므로,
후려 보쌈을 하는 게 사람의 도리! 영주에서는
업어온 처자 달래고 얼러
코고무신도 탈탈 털어 다시 신기고
쉴 참에 오줌도 한번 뉘이고
희방사길 무쇠다리 주막 뒷방쯤에서
국밥이라도 겸상해야 사람의 도리!

고개를 꼬고 앉은 치마 속에도
사과 같은 엉덩이가 숨어 있다는 엉큼한 생각을 하면
정미소 둘째 닮은 희멀건 소백산쯤
없어도 그만이다 싶기도 하지 영주에서는
남들 안 볼 때 한 입 앙!
생각만 해도 세상이 환하지 영주에서는.

(영주작가, 제9호)

**영주에는** 무엇이 있나? 주세붕의 백운동 서원이 있고, 양반 문화가 있지. 백운동 서원이 아니지. 사액을 받아 소수서원이 되었지. 영주에는 또 무엇이 있나? 소백산이 있지/소백산 줄기마다 사과밭이 있지. 사과가 있지. 사과라! "사과에는 사과만 있"나? 그렇지 않지. "탱탱한 엉덩이도 섞여 있지/남들 안 볼 때 몰래 한 입,/깨물고 싶은 엉덩이가 있지". 엉덩이가 있다고 말하니 좀 쑥스럽지. 사과는 "어쩌자고 벌건 대낮에 엉덩이는 내놓고/낯 뜨겁게시리 낯 뜨겁게시리/울 밖으로 늘어"져 있다는 말인가. "그중 참한 놈을 후리기는 해야" 하리. "후려 보쌈을 하는 게 사람의 도리"이기는 하리. 그런 뒤에는 어떻게 해야 하나. "업어온 처자 달래고 얼러/코고무신도 탈탈 털어 다시 신기고" "희방사길 무쇠다리 주막 뒷방쯤에서/국밥이라도 겸상해야" 하리. "희멀건 소백산쯤"은 모르는 척해도 좋으리. "영주에서는" 늘 "세상이 환하지". "남들 안 볼 때 한 입 양" 하고 싶은 사과가 있기 때문이지, 사과 같은 엉덩이가 있기 때문이지. 그렇지. 영주는 잘 익은 사과처럼, "탱탱한 엉덩이"처럼 양명한 곳이지. ⓐ

# 먹감나무 좌불

김석환

치매가 깊어 해 가고 달 가는 줄 몰라도 제가 퍼트린 새끼들 안부는 잘 헤아려 골다공 가지에 매달린 마른 잎을 떨어뜨려 시린 발목을 덮어주고 해 지면 둥지 찾아 되돌아오는 새 떼들 날갯짓 소리에 좌불이 된 먹감나무

가지 사이에 화룡정점
위태롭게 걸터앉은 추석 보름달

휴! 햅쌀보다 더 눈부신 달빛
빈 주발 가득 채워주더니

먼 길을 돌아와
마당 가득 정박한 승용차들
가쁘게 숨을 토하던 엔진 소리에

밤 지새우는 먹감나무
위, 허공에서 가뭇가뭇 공회전하는
은빛 외바퀴

(딩아돌하, 겨울호)

작품의 화자는 "먹감나무"의 모습을 "좌불"로 인식하고 있다. 불상은 자세에 따라 앉아 있는 좌불, 서 있는 입불, 누워 있는 와불이 있는데, 좌불이 가장 일반적이다. 이는 고타마 싯다르타가 수행 끝에 석가모니로 태어나는 순간을 형상화한 모습이다. 생로병사의 괴로움과 그 원인이 되는 번뇌를 없앤 깨달음의 경계에 도달한 모습으로 온화한 미소를 내보이고 있다. 그런데 화자는 "먹감나무"를 부처가 아니라 "치매가 깊어 해 가고 달 가는 줄 몰라도 제가 퍼트린 새끼들 안부는 잘 헤야"리는 늙은 어머니를 상징하고 있다. "좌불"을 종교의 대상이 아니라 인간으로 옮겨온 것이다. 늙은 어머니는 부처처럼 자식에게 무한한 사랑을 보인다. 따라서 "좌불"의 모습으로 "밤 지새우는 먹감나무" 앞에서 자식이 절하는 것은 당연하다. (d)

# 자라
## — 외 편

김신용

연못이 반짝, 눈을 뜬다

자라 한 마리가 물의 부력에 전신을 맡긴 채, 떠오른다

꼭 물의 눈 같다

수면 아래, 감은 물의 눈꺼풀 속에 깊숙이 잠겨 있다가

고요한 한낮, 물의 눈꺼풀을 열며 떠오르는 것

1, 2, 3, 4…… 마치 파문처럼 번져나가는 무수한 숫자들의 고리를
끊고

마지막 0이 하나 만들어지는 것

0이 만들어져, 그 숫자들을 물의 집으로 데려가는 것

그리고 그 0에서 숫자 1만을 꺼내, 발을 저어

다시 가만히 물 아래로 잠기어가는, 저 물의 눈망울

잠깐 동안 저 물의 눈에 비친 것이 선한 구름이었으면 좋겠다

나뭇잎을 흔드는, 바람의 얼굴이었으면 좋겠다

(현대문학, 7월호)

**1연이 1행으로** 처리된 이 시의 넉넉한 여백과 고요한 분위기를 음미해보도록 하자. 이 시에는 고요한 가운데 아주 작은 움직임이 있다. 연못의 정적을 깨고 자라 한 마리가 조용히 떠오른다. 물의 내면 깊숙이 잠겨 있다 수면의 중심으로 떠오르는 자라는 "물의 눈"처럼 덮여 있던 장막을 연다. 눈꺼풀이 열릴 때 주름이 잡히는 것처럼 물의 눈꺼풀이 열리면서 무수한 파문이 만들어진다. 있음과 없음의 경계에서 숫자 0이 만들어지고 그곳에서 다시 숫자 1 같은 자라의 발이 나왔다가 물속으로 잠기어간다. 물의 눈동자가 열리고 닫히는 순간이 숫자 0과 1의 변화로 인상 깊게 표현된다. 0과 1의 차이만큼이나 찰나와도 같았던 그 순간 물은 무엇을 보았을까? 물이 본 세상이 "선한 구름"이나 "바람의 얼굴"이었기를 화자는 기대한다. 고요하기 그지없는 이 연못에서는 가능한 일이리라. 그것은 본디 자연이 간직하고 있는 모습이기도 하다. 속도와 경쟁으로 어지러운 세상의 풍경과 달리 마음을 순하게 정화시켜 주는 시이다. (c)

# 추서(秋書)

김영삼

ㅛㅛㅛㅛㅛㅛㅛㅛ
ㅛㅛㅛㅛㅛㅛㅛ
ㅛㅛㅛㅛㅛㅛㅛ
ㅛㅛㅛㅛㅛㅛㅛ
ㅛㅛㅛㅛㅛㅛㅛ
ㅛㅛㅛㅛㅛㅛ
ㅛㅛㅛㅛㅛㅛㅛ?

이것은 간신히 모음만 터득한
촌농의 글이다

이것은 거역할 줄 모르는
순종의 말이다

아무리 속여도 속는 줄 모르는
이 땅의 언어다

비릿한 울분의 혈서다

도대체 이 난해한 문장을 어떻게 읽지?
왜가리가 골똘하다

(강원작가, 16호)

모음 'ㅛ'자가 줄지어 들어서 있는 사각형 공간은 곡식을 거두어 간 가을의 논밭 풍경을 연상하게 한다. 시인은 그것을 일자무식으로 논밭에 기대어 살며 "간신히 모음만 터득한/촌농의 글"에 비유한다. 그들은 자연의 순리를 "거역할 줄 모르"고 "순종의 말"만 반복하며 사는 이들이다. 그들은 때로는 혼탁한 세상과 비운이 "속여도 속는 줄 모르"고 오로지 땅만을 믿고 피와 땀을 뿌리고 가꾸어 진실한 "땅의 언어"를 거둔다. 그러나 아직도 자음을 미처 익히지 못하여 'ㅛ' 모음 하나로만 이어진 그들의 문장은 피 냄새가 "비릿한 울분의 혈서"로서 해독을 기다리고 있다. 날아가던 "왜가리" 한 마리가 논밭 구석에 '?'를 그리고 앉아 "난해한 문장"을 읽으려 "골똘하"고 있다. 이 시에서는 언어가 하나의 사물이 되어 시의 회화성을 보여주며 다양한 상상을 불러일으킨다. (b)

# 기형도

눈앞에 보이는 저 입 속의 검은 잎*이 두렵다

아픈 공중에 살더라도 고개는 떨어뜨리지 않겠다며
백양나무는 자꾸 잎을 흔들어댄다

눈이 부셔 차마 갈 수 없는 길
바람 속을 헤매다
빈손만 거둬들인다

붉게 타는 저 석양도
한낱 꺼져가는 모닥불일 뿐

이대로는 안 된다
이대로는 안 된다

안개 속을 걸어가는 방죽 위의 소처럼
젖은 눈으로
슬픔을 되새김질하며

천천히
아주 천천히 걸어가리라


\* 기형도의 시집 제목.


(다층, 봄호)

"기형도"는 1960년 경기도 옹진군 연평리에서 태어났다. 1985년 『동아일보』 신춘문예에 「안개」가 당선되어 작품 활동을 하다가 만 29살의 나이로 세상을 떴다. 1989년 유고 시집 『입 속의 검은 잎』이 출간된 이후 많은 독자들로부터 관심을 받았고, 그의 시 세계가 새롭게 조명되었다. 그 이유는 안일하게 안주하려는 자신을 "이대로는 안 된다/이대로는 안 된다"라며 부단하게 부정해나갔기 때문일 것이다. "안개 속을 걸어가는 방죽 위의 소처럼/젖은 눈으로" 탄압과 폭력과 모순의 시대를 "되새김질하며" 시인의 길을 걸어갔기 때문일 것이다. (d)

# 악, 위대한 약

김은정

악은 약인가?

감자 싹을 본다.
온몸으로 불을 켠 이 투지, 새로운 수립이다.
악을 쓴 결과다.

저 온몸 악을 쓰고 그 속에 독을 품어
컴컴하고 축축한 위협에도 그들 물리치고 몰아세운 새순,
암, 지켜내며 대를 이으려면 부디 이래야지.

감자 한 알이 머금은 암실 속의 격투,
삭고 썩고 상하고 농하고 문드러진 반죽을
보자기처럼 싸고 있는 껍질 또한 고귀하고 성스럽다.

그러니, 기대해보자.

속상해서, 속이 썩어서,
라고 악을 쓰며 우리 살아가는 동안이
헛될 리 있겠느냐?

(시와 경계, 봄호)

"악"을 절대적인 차원으로 긍정하는 작품 화자의 마음이 숭고하다. "악"은 있는 힘을 다해 일어서는 기운으로 자신의 삶을 긍정하고 품은 뜻을 이루겠다는 의지가 강할 때 생기는 것이다. 그와 같은 의지가 견고하기에 화자는 "감자 싹"의 "악"을 "위대한 약"으로 노래하고 있다. 그 이유는 "대를 이으려"고 하기 때문이다. 대를 잇는 것을 생을 걸고 추구할 일이라고 생각하는 것이다. 생명 보존과 종족 보존은 모든 생명체들의 근원적인 욕망이다. 화자는 그것을 글자로 새기며 새롭게 인식하고 있다. 그러므로 "속상해서, 속이 썩어서,/라고 악을 쓰며" "살아가는 동안이/헛될 리" 없을 것이다. (d)

# 오각(五角)의 방

김종태

겨울나무들의 신발은 어떤 모습일까, 쓰러진 나무는 맨발이고 흙 잃은 뿌리들의 마음은 서서히 막혀간다 차마고도를 온 무릎으로 기어 넘은 듯 가죽 등산화가 황달을 앓는 뇌졸중 집중치료실, 수직의 남루 와 사선의 슬픔 사이로 스미는 잔광에 빗살무늬 손금이 꼬물거린다

바른쪽 이마로 서녘 하늘을 보려는 글썽임이다
마음의 파편으로 서늘한 가슴을 잡는 암벽등반의 안간힘이다

기억은 끝끝내 한 점일까, 그곳에 느리게 닿아가는 사투들, 그 점을 먼저 안으려는 투신들, 어디로 향할 수 없는 주저함에 몸을 닫는 밤이다 피와 살의 경계로 한 가닥 비행운이 흐릿하다 지상의 방들은 언젠가 병 실일 터이지만 스멀거리는 약 냄새는 낯익도록 말이 없다 모든 비유는 환멸을 향한다고

이토록 고요한 읊조림이 있었던가
기역 자 양방향 창에 퇴실한 부음처럼 눈발이 부딪힌다

첨탑으로 치솟는, 입간판에 주저앉는 맨몸의 무너짐 허나 감각이 사 라진, 고통은 있으나 느끼지 않는 언어도단이다 두세 마디 허공 사이 헐 벗은 역설은 굳건한 방정식으로 내려앉을까 눈물 속으로 들어간 시간이 와디처럼 흘러가면 사구 위 푸른 꽃잎을 회색 속옷으로 덮어주고 싶다

침대 밖으로 나와 있는 무릎은 여전히 고도를 넘고 있다

(시와 표현, 겨울호)

**작품의** 화자는 "뇌졸중 집중치료실"을 "오각의 방"으로 여기고 있다. "오각"은 조화와 균형과 융합의 세계를 의미한다. 그리스의 수학자인 피타고라스가 별 모양을 오각으로 그렸고, 중국의 음양오행 이론이 목, 화, 토, 금, 수(나무, 불, 흙, 금속, 물)를 우주의 5대 구성 요소로 삼고 있는 것이 좋은 예이다. 그리하여 화자는 "뇌졸중 집중치료실"을 삶과 죽음이 공존하는 우주적인 공간으로 인식하고 있다. 완전한 삶이 마련된 장소는 아니지만 그렇다고 죽음의 세계라고 말할 수 없는 곳으로, 다시 말해 생명의 숭고함이 마련된 세계로 인식하는 것이다. 그러므로 화자는 "오각의 방"에 있는 생명을 절박하고도 간절한 대상으로 여기고 최대한 품는다. "침대 밖으로 나와 있는 무릎"을 "고도를 넘고 있"는 모습으로 바라보는 것이다. (d)

# 보법(步法)
## ― 생명의 환(幻)

김추인

붉은발 농게가 제 가위를 쳐들고
옆걸음으로 달린다
웃지 마라
억년을 견디며 진화시킨 보법이다
닭게같이 뒤로 걷는 것도 있다만

뻘 밖은 온통 전장터
길게 뽑아 올린 툭눈을 머리통 위에 내걸고
앞만 보고 달려봐
제 굴 말고는 보이는 게 없지
옆으로 옆으로 삐딱걸음을 치다보면
나라의 해안이 다
제 눈 아래 엎드린다는 걸
물떼새 긴 정강이도 피할 전술이라는 걸
눈치로 알지

마다가스카르의 안경원숭이
시파카가 스프링 튀듯
옆걸음을 치는 것도
숲에서 튀어나올 포식자 한눈에 들어오게 하는
피식자의 치밀한 책략인 거지

나, 한 생애 펜 하나 쳐들고

옆걸음 치며 행간을 내달리는 중이다
나, 황량한 백지의 벌판 위에서
안 보이는 풍차와 햄릿과 싸우는 돈키호테다
가난한 문중의 오래고 오랜

(애지, 겨울)

**옆걸음으로** 달리는 "붉은발 농게", 뒤로 걷는 "닭게" 등이 서식하는 "뻘밭은 온통 전장터"이다. "앞만 보고 달려봐/제 굴"만 보이지만 게들처럼 일반적인 보법을 벗어나 걷다보면 "나라 안의 해안이 다/제 눈 아래 엎드린다"는 것이다. 그리고 그러한 보법은 물떼새의 공격으로부터 피하기 위한 전술이고 "안경원숭이"가 옆걸음 치는 것도 포식자를 미리 발견하고 피하기 위한 "피식자의 치밀한 책략"이다. 아무튼 그것들의 "삐딱걸음"은 먹이사슬 속에서 적으로부터 자신을 보호하고 살아남기 위해 "억년을 견디며 진화시킨 보법"이다. "붉은발 농게가 제 가위를 쳐들"듯 화자는 "펜 하나 쳐들고/옆걸음 치며 행간을 내달리는 중"이라고 하며 자신만의 시 작법을 고백한다. 즉 일상적인 문법을 벗어나 자신만의 독자적인 시적 문법을 창조하며 시를 쓴다는 것이다. 그것이 "안 보이는 풍차와 햄릿과 싸우는 돈키호테"처럼 미숙하고 무모하게 보일지라도 "가난한 문중"에 속한 시인들이 독자들을 감동시키기 위한 오랜 미적 전략이다. (b)

# 정치적인 얼굴들

김혜영


보름달이 뜬다
보름달처럼 빛나던 루이 16세의 얼굴이
단두대에 걸린 프랑스 혁명사를 다시 읽는다

보름달은 슬프게 울었을까
혁명가를 불렀던 시민들은 웃었을까

무리에서 쫓겨난 늙은 수사자가 초원을 어슬렁거린다
똥이 묻은 뒷다리 사이에 불안하게
커다란 불알이 흔들린다

전두환 대통령의 훌러덩 벗겨진 이마를 본다
최루탄 가스로 오염된 대학을 다녔던 나를
그는 알지 못한다 그는 권총을 쥐고 있었고
나는 두려워 숨죽이는 토끼였다

내가 아는 스파이는 제복을 입고 있었다
하얀 제복이 멋스러웠다
키스를 퍼붓던 날
높이 올라갈수록 정치적인 방으로 들어간다는
그가 왠지 초라해 보였다 스파이는
권총을 들고 과녁을 쏘는 영화배우인 줄 알았는데

허무한 사자처럼 풀밭에 푹 쓰러질 줄 알았는데
여전히 배짱이 두둑한 독재자를 본다 이빨이 시리다
보름달이 뜬다
달콤한 밀어를 속삭이는 남자는
극단적인 보수주의자여서
낯간지럽게 빨갱이란 말을 툭툭 내뱉는다

빨간 토마토
하얀 토끼
제복을 입은 병정

정치적인 신문을 읽는 오전이다
신문을 왜 그렇게 오래 읽니? 출근할 곳은 있니?

(화요문학, 가을호)

"루이 16세"는 1774년 왕위에 올라 1789년 혁명에 의해 처형당하기 전까지 통치한 프랑스의 마지막 왕이었다. 작품의 화자가 가난하고 정의를 바라는 민중들에 의해 파리의 혁명광장에서 단두대의 이슬로 사라진 "루이 16세"를 떠올리는 이유는 프랑스의 역사 때문이 아니라 "전두환 대통령" 때문이다. 그가 대통령의 자리에 있는 동안 화자는 "최루탄 가스로 오염된 대학을 다녔"다. 그가 "권총을 쥐고 있었"기 때문에 "두려워 숨죽이는 토끼"와 같은 생활을 할 수밖에 없었다. 그와 같은 상황에서 "스파이"들이 설쳤고, "극단적인 보수주의자"들에 의해 "빨갱이란 말"이 넘쳤다. 그런데 그와 같은 역사가 아직도 진행되고 있기에 화자는 "정치적인 얼굴들"을 떠올린다. "여전히 배짱이 두둑한 독재자"가 "신문을 왜 그렇게 오래 읽니? 출근할 곳은 있니?"라고 묻는다. 탄압이 여전한 시대에 "보름달"은 창백할 수밖에 없다. (d)

# 취한 새들

나희덕

> 청포도주 얼룩과 토사물들이
> 키와 갈고리에서 흩어지며 날 씻었다네
> — 아르튀르 랭보, 「취한 배」

멀지 않은 곳에서
어린 새들이 죽은 채 발견되었다

비둘기의 발걸음으로 다가와
까마귀의 날갯짓으로 끝이 나는 사건들
새의 떼죽음도 그런 사건들 중 하나
출근길의 교통사고처럼 곧 잊혀지고 마는 일

점호도 없이 일제히 날아오르던
새들은 어디로 갔나
곡식알처럼 흩뿌려져도 부딪치는 법이 없던 새들은

마가목 열매 때문이었다
얼었다 녹았다 하면서 발효된 열매,
붉고 둥근 칼집 속의 칼날이 새들의 영혼을 쪼개버렸다

천국에서 불어오는 바람 앞에
기우뚱거리는 날개를 미처 접지 못한 새들

자라기도 전에 날개가 꺾여버린

하늘의 익사체들,
새들에게 치사량의 알콜은 얼마쯤 될까

취한 새들은 곤두박질쳐서
벽에, 유리창에, 전선에, 다른 새들의 몸에 부딪쳤을 것이다
찢어진 북소리처럼 날갯소리 들렸을 것이다

그 순간 새들은
하늘의 착란을 이해하게 되었는지도 모르지
땅에 뒹구는 마가목 열매를 사랑하게 되었는지도

물에 취한 배도 있으니
포도주의 얼룩으로만 씻겨지는 몸도 있으니

(포지션, 2월호)

랭보의 「취한 배」는 닻줄이 풀린 채 망망대해를 항해한다. 취한 배 앞에는 불안하면서 황홀하기 그지없는 미래가 펼쳐져 있다. 질서와 조화로부터의 해방은 미지의 세계로 떠나는 모험의 출발점이 된다.

나희덕의 「취한 새들」은 랭보의 시 「취한 배」에 대한 오마주이다. 취한 배가 바다에서 길을 잃었다면 취한 새들은 하늘에서 길을 잃는다. "점호도 없이 일제히 날아오르던", "곡식알처럼 흩뿌려져도 부딪치는 법이 없던 새들"이 천부적인 균형과 조절 감각을 잃고 부딪치고 곤두박질쳐 떼죽음을 당한다. 새들은 무엇에 취했나? 발효된 마가목 열매가 새들에게는 치사량의 알콜로 작용했던 것이다. 이런 새들의 어이없는 죽음을 비극으로 보지 않는 데 이 시의 묘미가 있다. 취한 새들은 곤두박질치는 순간 천국의 바람을 맞고 하늘의 착란을 이해했으리라 본다. 한순간이라도 천국의 향취를 맛보았다면 죽어도 좋았으리라. 파괴와 해체 속에서 진정한 창조를 꿈꾸었던 랭보의 격렬한 영혼에 도취된 듯한 시선이 흥미롭다. (c)

# 늙은 쿠마리

류인서

오늘이 네 방랑 끝날이라면 날 보러와줘
꽃과 쌀과 동전 없이 빈손으로 와
빈방 낡은 꽃병처럼 놓여
나는 육십 년째 신을 앓는 아이,

의구심 가득한 네 눈은
스모키 화장 요란한 내 두 눈을 들여다보겠지
나는 이마 가운데 붙인 세 번째 눈으로
나를 읽는 법을 네게 알려줄 테고,
그것은 그저 가만히 나를 바라보거나
내가 바라보아주기를 말없이 기다리는 것

몹쓸 직업병이네, 비웃어도 좋아
초록을 건너와 열매를 익히는 바람도 내게서 신을 벗겨주진 못했어
소원을 빌거나
기도를 바치는 대신
네 입속말로 나를 엄마, 라 불러주면 좋겠어
그것으로 특별한 순간 될 거야
나는 슬픔도 기쁨도 아닌 눈빛으로
네 이마에 손을 얹을게
창턱에 내려앉는 이 햇빛만큼만
나는 네 영혼을 들어 올려줄 수 있을 거야

소똥으로 빵을 구워 파는 소년의 손과
마른 웅덩이 돌아 물 길으러 가는 늙은 양동이의 목마름을 말해줘
모래 기둥 사이로 저무는 해를 따라가는
너의 생활을 내게 들려줘

신발 끈을 매고 다시 길 나서는 너를 맨발로 따라가고 싶어
네 그림자만큼 떨어져 걸어갈게 나는, 딸의 뒤를 따라가는 엄마처럼

(유심, 1월호)

"쿠마리(Kumari)"는 네팔에서 '살아 있는 여신'의 대접을 받는다. 2~4세의 여자 아이들 중에서 승려와 왕실의 점성가 및 브라만 원로들로 구성된 전형위원회에서 만장일치로 선택한다. 건강하고 천연두 자국이 없고 까만 머리카락을 가지고 있어야 하는 등 조건이 까다로운데, 그중에서도 월경이 없어야 한다. 따라서 초경이 시작되면 권좌에서 물러나고, 그에 따라 새로운 "쿠마리"가 같은 절차에 의해 선택된다. 선택된 "쿠마리"는 사원에서 격리되어 살고, 매년 10월 네팔의 최대 축제인 '다사인'에 모습을 나타낸다. 물러난 "쿠마리"는 국가에서 주는 연금으로 생활하는데, 대체로 결혼을 하지 못하고 "육십 년째 신을 앓는 아이"가 되어 노년을 맞이한다. 따라서 "쿠마리"는 여신의 현신으로 숭배받지만 인간 가치를 박탈당하는 존재이다. 그와 같은 일이 남성에 의해 이루어진다는 점에서 성차별에 의해 희생당하는 것을 알 수 있다. 따라서 "쿠마리"가 "소똥으로 빵을 구워 파는 소년의 손"을 그리워하거나, "신발 끈을 매고 다시 길 나서는 너를 맨발로 따라가고 싶어" 하는 마음은, 그녀가 신이 아니라 인간이기에 지극히 당연한 것이다. (d)

# 돌려주지 못한 시집

문성해

두어 달 전 빌려와서 돌려주지 못한 시집 한 권
이제는 연체일이 너무 많아
앞으로 서너 달은 다른 책을 못 빌리게 할 시집 한 권

이 시집을 빌리러 왔다가
허탕치고 돌아갈 이들을 생각하면
응당 빨리 돌려줘야 할 것이지만

이 속에 중첩된 무수한 밤을 생각하면
이 속에서 버려진 무수한 말들을 생각하면
한 권의 시집을 너무 빨리 읽는 사람은 왠지 정이 가지 않아

얇아서 베게로도 쓸 수 없는 이것을
두어 달째 머리맡에 두고
나는 난독증의 사람 모양 최대한 더듬거리네
아직 몇 날 밤은 더 바쳐야겠네

그저 무연히 기다릴 밖에
열 낮도
스무 밤도 아닌
육십 편이나 되는 시가 거처하는
시의 집을 기다리는 일은

(딩아돌하, 봄호)

화자는 시집 한 권을 빌려와 정해진 반납일이 지났음에도 불구하고 돌려주지 못하고 있다. 연체일만큼 다른 책을 빌리지 못할 뿐만 아니라 "이 시집을 빌리러 왔다가/허탕치고 돌아갈 이들"도 있을 텐데 굳이 그러는 까닭이 무엇일까. 화자는 시집 속에는 무수한 밤을 지새우던 시인의 산고의 노력은 물론 행간마다 생략하느라 "버려진 무수한 말들"이 숨어 있을 것을 생각하면 시집을 너무 빨리 읽는다는 게 무리라고 판단한 것이다. 그것을 모두 읽고 이해한다는 것은 어려운 일이라 얇은 시집 한 권을 "머리맡에 두고" 더듬거리며 스스로 난독증을 앓고 있다. 그리고 규칙을 어긴 불이익을 감수하며 "시의 집"에 들어가 시 세계의 깊이를 이해하기 위해 무던히 기다리며 "몇 날 밤은 더 바쳐" 보고자 한다. 그러한 화자의 자세는 시가 얼마나 많은 산고 끝에 창조되는 것이며 독자가 그것을 이해하기 위해서 얼마나 많은 시간을 보내야 하는지를 암시해준다. (b)

# 거울

수족관 물고기들은 상처가 많다
가까이 있는 물고기를 자신의 벽이라 생각하기 때문이다

남아도는 먹이 앞에서도 서로 물고 뜯고 싸운다
눈이 파먹히고 지느러미가 잘려도 싸움을 멈추지 않는다

제 것을 고집하느라 제 몸에 끝없이 상처를 낸다
수족관 한 귀퉁이에는 팅팅 불은 먹이가 오물처럼 썩어간다

한 아이가 수족관 밖에서 물고기를 관찰하며 웃는다
누가 내 바깥에서 나를 훔쳐보고 있다

이 시에 등장하는 수족관은 오늘의 현실을 가리킨다. 오늘의 현실은 자본주의의 삶을 뜻한다. 따라서 수족관에서 사는 물고기는 오늘의 자본주의의 현실에서 사는 사람들이 된다. 그런 점에서 이 시에서의 수족관이나 물고기는 지금의 삶과 사람들에 대한 알레고리라고 할 수 있다. 지금의 삶을 살아가는 사람들의 모습은 어떤가. 이 시의 물고기들처럼 "상처가 많다". "가까이 있는 물고기를 자신의 벽이라 생각하"고 "남아도는 먹이 앞에서도 서로 물고 뜯고 싸"우는 것이 이들이다. "눈이 파먹히고 지느러미가 잘려도 싸움을 멈추지 않는" 것이 자본주의 현실을 살아가는 사람들이다. 헛되고 헛된 "제 것을 고집하느라 제 몸에 끝없이 상처를" 내는 사람들…… 자신이 살아가는 현실의 한 귀퉁이, 곧 "수족관 한 귀퉁이에는 팅팅 불은 먹이가 오물처럼 썩어"가는 데도 "싸움을 멈추지 않는" 것이 오늘의 자본주의를 살아가는 사람들인 것이다. 그렇다면 "수족관 밖에서 물고기를 관찰하며 웃는" 한 아이는 누구인가. 하느님인가? 나인가? "내 바깥에서 나를 훔쳐보고 있"는 그 누구는 누구인가. 어딘가에 맑고 순수한 자아가 따로 있나 보다. ⓐ

# 별똥별

문인수

　얼마 전 TV에서 봤는데요, 평생 불면증을 안고 산 한 사내의 꼬리가
참 길었습니다. 그는 저녁에 가고 싶은 데가 있을 때까지 천천히 차를 몰
고요, 이윽고 집에 가고 싶을 때까지 천천히 차를 몹니다. 새벽에 자신의
아파트에 차를 몰아넣을 때, 꾸벅꾸벅 졸고 있는 경비원을 보며 빙긋이,
막 운동하러 나서는 이웃 노부부와 마주치며 반갑게

　웃습니다. 그러던 어느 날, 그가 그만 교통사고로 죽어요.

　와―보세요, 저 별! 똥 누러 가는 속도로, 아닌 게 아니라 정말 저 똥
끝이 타는 속도로 별 하나가 이제 그리 급하게 자러 간 겁니다. 그러나
곧, 그러니까 수억 광년 후쯤엔 또 반드시 제자리, 제정신으로 돌아와 반
짝, 반짝이겠지요.

　좀 더 행복해질 때까지, 그는 다시 그렇게 자꾸 웃겠지요.

(포지션, 겨울호)

시인은 TV에 소개된, 불면증을 앓다가 교통사고로 짧은 생을 마친 한 사내의 비극적이고도 아름다운 일대기를 그리고 있다. 그 사내는 여행을 유달리 좋아해서 가고 싶은 데가 있으면 밤을 지새워 "천천히 차를 몰고" 갔다가 새벽에야 집으로 돌아오곤 하였다. 한잠도 자지 않고 여행을 마치고 돌아온 사내는 새벽까지 "꾸벅꾸벅 졸고 있는 경비원"이나 막 잠자리에서 일어나 "운동하러 나서는 이웃 노부부"와 마주치면 아무 일도 없었다는 듯 반가운 웃음으로 인사를 건넸다. 그러던 사내는 밤이면 빛을 내다가 새벽이면 사라지는 별처럼 비로소 불의의 교통사고로 죽고 나서야 비로소 급하게 자러 간 것이다. 새롭게 빛나는 세계에 대한 호기심 때문에 불면증을 앓다가 너무 이른 나이에 "똥 누러 가는 속도로" 사라진 사내는 "똥끝이 타는 속도로" 떨어지고만 "별똥별"이다. 밤마다 어디론가 떠나갔다가 돌아와 웃음을 짓던 사내는 "수억 광년 후쯤" 별이 되어 "제자리, 제정신"으로 돌아와 더 행복하게 웃을 것이다. (b)

# 봄, 너는 어디서 오는가

문혜관

봄비가 내리고 지층이 움직인다
영산홍 뿌리가 흔들린다
어둠이 깔리고 가로등 불빛이
투명하게 밝아온다
지열을 받은 영산홍 줄기에서
푸른 핏빛 감돈다
밤새 어둔 보금자리에서
잉태한 보라빛 꽃망울들
지구의 한 켠 차지하기 시작한다

봄, 봄이라고 해도 되는가
작디작은 저 꽃망울들
봄이라고 불러도 되는가
살랑이는 봄바람을 맞을
창 하나 열어놓지 못한
내 가슴에는 아직
지열도 푸른 핏빛도 없다
봄, 너는 어디서 오는가!

(유심, 7월호)

이 시에서도 "봄"은 희망을 상징하고 미래를 상징한다. 봄을 희망과 미래로 상징한 시는 많다. 그런 점에서는 새로울 것이 없는 것이 이 시에서의 봄이다. 그럼에도 희망과 미래를 노래하고 있는 이 시에서의 "봄"은 싱싱하다. 자연의 봄은 몰라도 사람의 봄은 아직 오지 않았기 때문이다. 물론 시인은 자연의 봄을 사람의 봄보다 먼저 노래한다. "봄비가 내리고 지층이 움직"이고 "영산홍 뿌리가 흔들"리는 것부터 노래하고 있는 것이 그이다. 그래서일까. 시인의 눈에는 "지열을 받은 영산홍 줄기에서/푸른 핏빛 감"도는 것부터 감지된다. "어둔 보금자리에서" "지구의 한 켠 차지하기 시작한" "보라빛 꽃망울들"……. 시인은 이제 이 봄을 두고 "봄이라고 불러도 되는가" 하고 되묻는다. "살랑이는 봄바람을 맞을/창 하나 열어놓지 못한" 것이 그의 가슴이기 때문이다. "지열도 푸른 핏빛도 없"는 것이 그의 가슴인 것이다. 그의 가슴에는 아직 봄이 오지 않았다는 얘기이다. ⓐ

# 금테비단벌레

문효치

파란 사탕이
보석이라고 생각한 때가 있었다

눈이 맑아
세상이 온통 아름답게만 보이던
내 다섯 살

입속에 넣고 굴리던 사탕을 꺼내어
초겨울 푸른 하늘 향해 들어보면서
그 파란 광채로 눈을 닦다가

그만 놓쳐 풀덤불 속에 빠뜨리고는
영영 찾지를 못하고
한동안 허하게 꺼져버린 가슴 안고 지내다가

얼마나 세월이 지났을까
이제 눈도 어두워 가물거리는데
풀숲에서 파란 광채를 보았다

살아서 꿈틀거리는 저 보석
흐린 내 눈으로 들어오고 있다

눈이 근질거린다
들어오면서 새 길을 내고 있기 때문이다

(시안, 봄호)

늘 다섯 살 어린이의 시력을 유지하며 살 수 있다면 무척 행복할 것 같다. 값싼 "파란 사탕이 보석이라고 생각"하고 "세상이 온통 아름답게만 보"일 것이다. 화자는 그 사탕을 통과한 "초겨울 푸른 하늘"의 "광채로 눈을 닦다가" 풀덤불 속에 빠뜨려 영영 잃어버리고 말았다. 그 맑고 순수한 동심을 잃은 화자는 "허하게 꺼져버린 가슴 안고 지내"며 세월을 보내야 했다. 동심을 잃으니 세상을 보는 눈까지 어두워져 가야 할 길이 보이지 않고 가물거리는 것이었다. 그런데 어느 날 밤길을 가던 화자는 풀숲에서 "금테비단벌레"가 옛날 잃어버린 사탕처럼 "파란 광채"를 내는 것을 보았다. 그리고 그 빛이 이미 흐려진 눈으로 들어오면서 "새 길"을 내느라고 "눈이 근질거"리는 것이었다. 그 "새 길"은 세상을 아름답게 보고 참된 가치를 추구하며 살아갈 수 있는 인생길일 것이다. (b)

# 초승달 부메랑

박경희

간장 달이는 들큼한 냄새가
밤하늘로 초승달을 던졌다
밥 세 끼 먹을 만하니까
바람에 뒹구는 잎사귀도 보인다
밥물 핥아대는 개 콧잔등
촉촉해지는 눈가도 보인다
물 분 검은콩마냥 젖퉁이 분 쥐 한 마리
소금 포대 갉아 먹는 것도 보인다
보일 것은 다 보인다
그러나 한겨울 주먹만 한 쥐방구리*가
콩 바구니 드나들 듯하던 새끼들은
일 년 동안 코빼기도 보이지 않는다
달이는 간장 냄새에 괜스레 콧물 훔친 하루
개 짖는 소리에 되돌아와
지붕 위에 딱, 걸려버린 초승달이
별 하나 앞마당에 던져놓는다


* '쥐방울'을 뜻함. 체격이 작은 사람.

(시와 문화, 가을호)

고향집을 지키며 늙은 어머니가 "일 년 동안 코빼기도 보이지 않는" 새끼들을 기다리며 해종일 간장을 달이고 있다. 어둠이 점점 짙어지자 나타난 초승달은 어느 자식의 얼굴일까. 가난을 벗어나느라 굽어진 등을 펴서 둘러보니 자신의 손바닥처럼 마른 채 "바람에 뒹구는 잎사귀도 보인다". "밥물 핥아대는 개 콧잔등"을 보니 밥 세끼도 제대로 먹지 못하여 배고프다고 울먹이던 새끼들이 눈에 어린다. "젖통이 분 쥐 한 마리"는 어린아이를 안방에 눕혀놓고 밭에 나가 늦도록 일하던 어머니 자신의 젊은 시절의 모습인 것만 같아 오래 바라본다. "쥐방구리가/콩바구니 드나들 듯" 겨울밤이 깊어가면 춥고 배고프다고 치마폭으로 파고들던 자식들은 저마다 어려운 객지 살림 꾸리느라 바쁜 탓일까. 애간장을 태우며 간장을 달이다 보면 공연히 흐르는 눈물 "콧물 훔친 하루"가 간다. 동구 밖에 낯선 누가 오고 있는지 개 짖는 소리가 요란한데 떨어지는 눈물 따라 "별 하나 앞마당에" 지고 있다. (b)

# 모르는 일

설마 그럴 리가 있을까? 아닐 거야, 뭔가 근사한 것이, 있을 리는 없겠지만 아예 없을 수는 없는 거야

지난달까지 사무실이 꽉 찼었다 직원들이 모니터만 들여다보느라 누가 지나가도 귀도 쫑긋 안 했어, 일벌레들, 이 정도로 달려들어야 책상을 내주는구나, 상담주임한테 신규 애들을 세 명이나 받으면서도 난 직원들을 바라봤어 아이디카드도 걸고, 자판을 두드리는구나 막 볕이 들 때의 테라스에서 레몬케이크를 한 입, 넣는 사람들

나 좀 끼워줘요, 말을 못했지 그런데 오늘은 달랑 직원 한 명, 누구 없나요? 소리치면 메아리가 돌아오겠어, 이거 15층 사무실에서 흔들바위를 만나겠어, 다들 기관지가 찢어지도록 외쳐대다가 제 갈 길을 가버렸대 이렇게 큰 회사 사장이 도망갈 때까지 아무도 몰랐대 그것도 학생 엄마가 전화 줘서 안 일, 선생님, 그 회사 전화가 안 돼요, 회비는 벌써 입금했는데……

좀벌레처럼 걷다 노래져서는 자꾸만 화단에 앉아버렸지 톨 사이즈 커피랑 핫식스랑 섞어 먹고야 정신을 차렸어 시럽이랑 생크림까지 가득 올려서는, 한번에 쏟아부었어, 학생 엄마한테 전화가 또 왔지 선생님, 그래도 우리 애 이번 달까지는 해주실 거죠? 멍해져서는 으음 으음 더듬었어, 선생님, 아니 그럼 우리 애는 누가 책임질 거예요, 굉장하네 이거, 내가 이 회사 직원도 아닌데, 어쩌라고 대체 어쩌라고, 나도 모르게 중얼거리니까 욕한 거냐, 지금 누구한테 뭐라고 한 거냐고 아줌마는 나를 물

고 놓아주질 않았지 피 나요, 좀 기다려요 제발, 사무실에 왔으니까

   피해자 명단에 사인하래 이름이랑 폰넘버랑 적어두면 된대 점심엔
KFC를 먹었나봐 치실을 써도 안 빠질 것 같은 닭고기가 아저씨 이빨에
꽉 차 있었어 저걸 다 어째, 내가 계속 서 있으니까 뭐요? 아저씨가 틱틱
거렸지 저, 두 달치나 못 받았는데…… 설마 이걸로 다예요?

   아저씨는 담배를 꺼내 물며 코로 말했지

   내가 어떻게 알아

   덜덜덜
   알 수는 없지만
   터질 듯한 에네르기다, 라고 밖에는.

(21세기문학, 겨울호)

화자는 아르바이트로 과외 일을 하는 것 같다. 당연히 과외 중개소를 거쳐야 하는데 실제 가본 중개 회사의 규모와 그 직원들의 화려한 모습에 주눅이 들었다. 그런 회사가 사장의 도주로 하루 아침에 망해서 사라지고 사람들로 북적이던 15층 사무실이 텅 비어 직원 한 명만 남아 있다. 그것이 동경하던 회사의 실상이었지만 사태 앞에서도 화자는 어쩔 줄을 몰라 할 뿐이다. 과외비는 이미 두 달 치를 못 받은 상태인데 학부모는 화자를 걱정해주는 것이 아니라 낸 돈만큼의 과외 수업을 받을 수 있는지를 먼저 걱정한다. 화자는 곧 쓰러질 것 같지만 피해자 명단에 사인을 하면서 직원에게 겨우 "이거로 다예요?"라고 묻지만 돌아오는 것은 "내가 어떻게 알아"라는 대답뿐이다. 피해자 명단이나 관리하는 직원 역시 또 다른 피해자일 것이다. 화자도, 학부모도, 남은 직원도 이 불행 앞에서 자기 피해를 줄이기 위해 몸을 움직일 뿐이다. 무엇도 나서서 할 수 없는 젊은 세대의 깊은 절망감과 모멸감을 자조적으로 승화해야 하는 시대의 비극을 보여주고 있다. (b)

# 감자 바구니

박서영

오후 두 시의 핏줄은 흘러 어디로 가나
배고픈 생쥐와 고양이의 홀쭉한 뱃속으로 가나
대바구니가 몰래 키운 감자의 흰 뿌리는
길 안으로, 밖으로 뻗어나간다
버려진 감자는 왜 사라지면서 싹을 틔우나
빈자의 혈통에 어울리는 감자
눈동자 하나에서 주렁주렁 열리는 투명한 감자
심장에서 방금 나온 따뜻한 알
감자만 있으면 가난을 자랑하지 않고
마음 편히 너에게 몸을 문질러댈 수 있다
당신의 가난은 당신의 입술로 널리 알려졌고
내 가난은 감자가 있어 은하수와 사귄다.
눈물 한 알 덥석 받아낼 수 있는 두 손이면 족할 것이다
받아내는 것보다 빠져나가는 것이 많다
늘 가난하다고 말하는 당신과 악수하면서
내 감자는 악마처럼 아름답게 자라고 있다
거미줄의 배아기를 뚫고
감자에 뿔이 난다 꽃이 핀다
하얀 뿌리는 구멍을 빠져나와 어디로 가나
감자 바구니가 유골함 같다
죽음을 삼키는 연못 같다
쭈글쭈글한 감자가 쑤욱 내민 초록색 긴 꼬리
더 먼 바깥 그리워

10억 광년의 가슴에 닿고 싶어
퐁당 퐁당! 감자들이 밤하늘에 뛰어든다
누각 위에도 떴고 나무 위에도 떴다
밤에 뿌려진 별들은 내가 파묻어버린 시간의 핏줄
그것은 심장이 관측할 수 있는 가장 먼 세계다

(현대시학, 5월호)

감자는 오랫동안 가난한 사람들의 양식이 되어왔다. "빈자의 혈통에 어울리는 감자"라는 말이 딱 맞다. "심장에서 방금 나온 따뜻한 알"인 듯 감자 한 알이 주는 위로는 크다. 척박한 땅에서도 싹을 잘 틔우는 감자는 가난 속에서도 꿋꿋하게 살아가는 사람들처럼 생명력이 강하다. 아낌없이 주는 듯한 감자이지만 그 싹만큼은 솔라닌이라는 독성이 있기 때문에 조심해야 한다. "내 감자는 악마처럼 아름답게 자라고 있다"고 한 것은 이런 특성과 관련된다. 위험한 것에는 악마적인 아름다움이 깃들기 때문이다. 감자는 햇빛을 받으면 초록색의 싹을 내밀며 급속도로 시들어간다. 쭈그러들어 돌처럼 변한 감자에서 뻗어 나온 싹의 초록색 긴 꼬리를 보며 시인은 10억 광년쯤을 날아온 운석을 떠올린다. 여기에 "밤에 뿌려진 별들은 내가 파묻어버린 시간의 핏줄"이라는 상상이 이어진다. 이 시는 시들어가는 감자들이 들어 있는 바구니에서 삶과 시간에 대한 풍성한 사유를 건져 올리고 있다. (c)

# 넥타이

박성우

늘어지는 혀를 잘라 넥타이를 만들었다

사내는 초침처럼 초조하게 넥타이를 맸다 말은 삐뚤어지게 해도 넥타이는 똑바로 매라, 사내는 와이셔츠 깃에 둘러맨 넥타이를 조였다 넥타이가 된 사내는 분침처럼 분주하게 출근을 했다

회의시간에 업무보고를 할 때도 경쟁업체를 물리치고 계약을 성사시킬 때도 넥타이는 빛났다 넥타이는 제법 근사하게 빛나는 넥타이가 되어갔다 심지어 노래방에서 넥타이를 풀었을 때도 넥타이는 단연 빛났다

넥타이는 점점 늘어졌다 넥타이는 어제보다 더 늘어져 막차를 타고 퇴근했다 그냥 말없이 살아 넌 늘어질 혀가 없어, 넥타이는 근엄한 표정으로 차창에 비치는 낯빛을 쓸어내렸다 다행히 넥타이를 잡고 매달리던 아이들은 넥타이처럼 반듯하게 자라주었다

귀가한 넥타이는 이제 한낱 넥타이에 불과하므로 가족들은 늘어진 넥타이 따위에 아무런 관심도 없었다

(애지, 봄호)

이 시는 넥타이를 중심으로 상상력을 펼치고 있다. 넥타이는 무엇인가. 정장의 옷차림에 꼭 필요한 액세서리인가. 대부분 사람들은 넥타이를 사무직 샐러리맨의 상징으로 받아들인다. 넥타이를 매는 사무직 샐러리맨은 늘 "초침처럼 초조하게" 살아간다. "말은 삐뚤어지게 해도 넥타이는 똑바로 매"야 하는 사무직 샐러리맨, "분침처럼 분주하게 출근을" 해야 하는 사무직 샐러리맨, "와이셔츠 깃에 둘러"싸여 살 수밖에 없는 사무직 샐러리맨은 "경쟁업체를 물리치고 계약을 성사시"키는 것이 주된 업무이다. 사무직 샐러리맨의 이들 업무를 상징하는 것이 넥타이이다. 업무능력이 향상될수록 그의 "넥타이는 제법 근사하게 빛"난다. 사무직 샐러리맨은 아예 "넥타이가 되어"버린다. "넥타이는 어제보다 더 늘어져 막차를 타고 퇴근"을 한다. "넥타이는 근엄한 표정으로 차창에 비치는 낯빛을 쓸어내"리기도 한다 "다행히 넥타이를 잡고 매달리던 아이들"이 "넥타이처럼 반듯하게 자라주었"기 때문이다. 이때쯤 되면 넥타이는 귀가를 해도 가족들의 관심을 받지 못한다. "한낱 넥타이에 불과하므로 가족들은 늘어진 넥타이 따위에 아무런 관심도" 보여주지 않는다. 이것이 넥타이로 살아온 사무직 샐러리맨의 비참한 현실이다. (a)

# 배꼽

박순원

내 배꼽에는 원래 기다란 끈이
있어 엄마와 연결되어 있었는데
누군가 그 끈을 잘랐다
나는 그렇게 이 세상에
굴러 떨어졌다
나는 크게 울었다

나는 먹지도 싸지도 않았는데
필요한 것은 엄마의 몸속에 다 있었다
미끌미끌한 물속에 얇은 막 속에
둥둥 떠서 나는 그렇게
계속 살아가면 되는 줄 알았다

천천히 눈 코 입을 만들며
손가락 발가락을 만들며
조금씩 조금씩 자라기만 하면
되는 줄 알았다

크게 울고 난 다음 처음
엄마 젖꼭지에 입을 대고
젖을 빠는데 얼마나 힘들던지
온몸의 피가 다 얼굴로
몰리는 것 같았다

이후 그 힘으로 여태껏 살았다
알콜 니코틴 카페인 단백질 탄수화물
지방 비타민 A B C D E 칼슘
마그네슘 그리고 유산균 미네랄
미량의 합성착색료까지 닥치는 대로
먹고 마시며

손톱이 자라면 손톱을 발톱이 자라면
발톱을 깎고 나날이 자라나는 머리카락을
정기적으로 자르고 각질이 생기면
벗겨내고

(현대문학, 9월호)

이 시를 통해 시인은 인간이 이 세상에 태어나는 것의 의미를 되묻는다. 이 세상에 태어나는 것 자체가 고통 속에 내던져지는 것이 아닌가. 엄마의 뱃속에 있을 때는 "기다란 끈"으로 "연결되어 있었"다고 시인은 말한다. 하지만 태어나자마자 "누군가 그 끈을 잘"라버려 그는 그만 "이 세상에/굴러 떨어"지게 된다. 굴러 떨어지자마자 그는 크게 운다. "필요한 것은" "다 있었"던 것이 "엄마의 몸속"에서의 그이다. "미끌미끌한 물속에 얇은 막 속에/둥둥 떠" 있었던 것이, "그렇게/계속 살아가면 되는 줄 알았"던 것이 그곳에서의 그이다. 그곳에서 그는 "천천히 눈코 입을 만들며/손가락 발가락을 만들며" "조금씩 자라기만 하면/되는 줄 알았다". 하지만 세상에 태어나 "크게 울고 난" 뒤에는 "엄마 젖꼭지에 입을 대고/젖을 빠는" 것도 "온몸의 피가 다 얼굴로/몰리는 것"처럼 힘들었다. 그런 이후 그는 "그 힘으로 여태껏 살"고 있다. 온갖 것을 "닥치는 대로/먹고 마시"면서 말이다. "손톱이 자라면 손톱을 발톱이 자라면/발톱을 깎고 나날이 자라나는 머리카락을/정기적으로 자르고 각질이 생기면/벗겨내"면서 말이다. "기다란 끈"이 잘려져 배꼽이 생기면서 시인은 저 스스로 독립해 살게 된 것이다. 그것이 그의 삶에 끊임없이 고통을 만들지만 말이다. ⓐ

# 아침을 닮은 아침

박연준

지하철 환승게이트로 몰려가는 인파에 섞여
눈먼 나귀처럼 걷다가

귀신을 보았다
저기 잠시 빗겨 서 있는 자
허공에 조용히 숨은 자
무릎이 해진 바지와 산발한 머리를 하고
어깨와 등과 다리를 잊고 마침내
얼굴마저 잊은 듯 표정 없이 서 있는 자

모두들 이쪽에서 저쪽으로
환승을 해보겠다고,
안간힘을 쓰는데
그는 소리를 빼앗긴 비처럼
비였던
비처럼
빗금으로 멈춰 서 있었다

오늘은 기다란 얼굴을 옆으로 기울이며
지금을 잊는 게 아닐까
우리의 걸음엔 부러진 발목과
진실이 빠져 있는 게 아닐까

한 마디쯤 멀리 선 귀신을 뒤로하고
개찰구를 통과하는 눈먼 귀신들

오늘 아침엔 아무도 서로를 못 본 채
모두가 귀신이 되어 사라졌다

(현대문학, 3월호)

**지하철만큼** 현대인의 삶을 상징적으로 압축하고 있는 공간이
또 있을까? 그곳에서 이동의 수월성은 극대화된다. 모두가 어딘가를 향
해 물결처럼 몰려가고 몰려온다. 그곳에서 이동하는 대열에 끼어 있지
않은 사람은 사람이 아니다. 어딘가로 몰려가지 않아서 더 눈에 띄는 그
는 사람이라기보다 '귀신' 같다. 빗겨 서 있고, 허공에 숨은 듯하고, 해
진 옷과 산발한 머리로 표정 없이 서 있는 모습이 영락없는 귀신이다. 모
두가 환승을 위해 안간힘을 쓰는 북새통 속에서 갈 곳 없이 서 있는 그를
귀신처럼 바라보던 시선은 다시 반대편의 다른 사람들을 향한다. 어딘
가를 향해 맹목적으로 몰려가는 그들도 또 다른 귀신들이 아닐까 하는
섬뜩한 생각이 스친다. 역시 무표정한 얼굴로 몰려왔다 지하철을 타고
홀연히 사라지는 한 무리의 사람들도 문득 귀신처럼 기이하게 느껴졌기
때문이다.

> 군중(群衆) 속에서 유령처럼 나타나는 이 얼굴들
> 젖은, 검은 나뭇가지 위의 꽃잎들

일찍이 에즈라 파운드가 저 유명한 이미지즘 시에서 포착했듯이 지
하철역은 스쳐 지나가는 느닷없는 인상들만이 유령처럼 떠도는 공간인
지도 모른다. (c)

# 목련여인숙

박완호

환한 봄밤이었다 막차를 놓치고 찾아든 여인숙, 판자때기 꽃무늬벽지로 엉성하게 나뉜 옆방과

천장에 난 조그만 구멍으로 반반씩 나눠가진 형광등 불빛이 이쪽저쪽을 오락가락할 때, 나는

김수영을 읽거나 만나려면 조금 더 기다려야 했던 백석을 꿈꾸며 되지도 않는 시를 끄적거리다가

갑자기 불이 꺼지고 시팔, 속으로 투덜대며 원고지를 접고는 이내 곯아 떨어졌을 텐데, 잠결에 들려 온

옆방 여자가 내는 소리가 달밤의 목련꽃처럼 피어나는 걸 숨죽여 듣다가 그만 붉게 달아오른 꽃잎 하나를 흘리고야 말았지

아침 수돗가에서 마주친 여자는 낯붉히며 세숫대야를 내 쪽으로 슬며시 밀어주는데 나는 괜히

간밤 그녀가 흘려보낸 소리들이 내 방에 와선 탱탱하게 부풀었던 걸 들키기라도 한 듯 덩달아 붉어져서는

내 쪽에 있던 비누를 가만히 그녀 쪽으로 놓아주었다

(현대시학, 11월호)

**누구나** 공감할 수 있는 그럴 듯한 경험을 진술하고 있는 시이다. 봄볕이 환한 어느 날이다. 시인은 혼자서 여행을 떠난다. 돌아갈 "막차를 놓치고 찾아든 여인숙"의 방은 판자때기 꽃무늬벽지로 엉성하게 나뉘어 있다. "천장에 난 조그만 구멍으로 반반씩 나눠가진 형광등 불빛이 이쪽저쪽을 오락가락"하는 방이다. 그 방에서 시인은 "백석을 꿈꾸며 되지도 않는 시를 끄적거"린다. 그때 "갑자기 불이 꺼"져 시인은 "투덜대며 원고지를 접고는 이내 곯아 떨어"진다. "잠결에 들려"오는 소리라니! 시인은 "옆방 여자가 내는 소리"에 "그만 붉게 달아오른 꽃잎 하나를 흘리고야" 만다. 그런데 이 여자를 "아침 수돗가에서 마주친" 것이다. "여자는 낯붉히며 세숫대야를" 시인 "쪽으로 슬며시 밀어"준다. 하지만 시인은 "괜히/간밤 그녀"의 소리들이 그의 "방에 와선 탱탱하게 부풀었던 걸 들키기라도 한 듯 덩달아 붉어"진다. 붉어진 시인은 "내 쪽에 있던 비누를 가만히 그녀 쪽으로 놓아주"는 것으로 그 마음을 씻는다. 시인은 이런 작은 사랑조차 아주 소중히 여기는 정겨운 사람이다. (a)

# 크리스마스이브의 백석

박정원

남편을 잃은 여자와 아내를 버린 남자가 커피 볶는 집에서 백석을 읽
는다

소나무 부부가 손을 꼬옥 잡고 드센 바람도 좋아라 유리창 밖에서 응
앙응앙 울고

가는 눈이 간간이 뿌려지는 전봇대에 앉아 갓 볶아낸 커피 향을 기웃
거리는 직박구리 한 마리

강 건너 저편엔 천국행 열차가 산 그림자를 끌어내려 굼벵이처럼 지
나가고

서서히 지워지는 마을들
하나 둘씩 불이 켜지는 만주벌판의 집들

여자는 말없이 백석과 동침하려 이불을 펴고
마침내 도착한 나타샤와 흰 당나귀를 연신 스마트폰에 담아내는 남자

당신에게로 가는 길이 세상한테 지는 길이라네 내가 좋아서 버리는
거라네

눈도 푹푹 나리지 않는데 도무지 일어설 생각을 하지 않는다

(시문학, 8월호)

시인은 나타샤와의 사랑을 노래한 백석의 시 「나와 나타샤와 흰
당나귀」를 차용하고 있다. 여자와 남자가 백석을 읽으면서 자연스럽게
이 시와 백석의 시는 상호텍스트적 관계를 맺는다. 백석은 기생 신분인
나타샤와 사랑에 빠져 가족들의 반대와 세상의 따가운 시선에도 불구하
고 결혼하려 했으나 그녀가 거절해서 북으로 떠나갔다. 그런데 나타샤
는 사랑했기 때문에 오히려 떠나보낸 연인을 그리워하며 평생 홀로 살
았다고 한다. 그들의 아픈 로맨스는 사랑의 상처를 안고 서로 만나 세상
의 시선과 사랑의 욕망 사이에서 갈등하는 두 남녀의 현실과 유사성이
있다. 그런데 그들이 머무는 실내의 창 밖에 "소나무 부부"와 "직박구
리"는 누구의 모습들일까. 시적 공간이 실내, 창 밖, 강 건너, 만주벌판,
스마트폰의 사이버 공간 등으로 비약적으로 이동하며 갈등하는 두 남녀
의 내면을 효율적으로 암시하고 있다. (b)

# 아버지의 소

좋은 소 그른 소가 없다. 농사짓는 소라면 다 좋다. 황소도 좋고 암소도
좋고 송아지도 좋다. 칡소는 칡소라서 좋고 누렁이는 누렁소라서 좋다.

길을 가다 말고도 실한 황소를 보거나 엉덩판이 펑퍼짐하게 살이 찐
암소를 보거나 하면 언제까지나 바라보는 것이다. 끝내는 그 소 참 좋다!
하고는 볼기짝을 탐스러운 듯이 두드린다.

밭 가운데서 일을 하다가도 쇠방울 소리가 나면 소도적이나 맞은 사
람처럼 내달아 소를 이모저모 뜯어보는 것이다. 어떤 때는 심술궂은 사
람처럼 쇠뿔을 잡고 한 번 뒤흔드는 것이다.

그리고는 반드시 한 마디 하는 것이다.
그 소 참 좋다!

농부는 소를 자식같이 사랑한다는 말이 부족하다는 듯이 밭갈이 끝낸
소를 앞장세우고 집으로 들어오며 애들아! 소 들어간다. 소 들어가신다.
고래고래 고함을 친다.

오늘은 그때의 그 고함소리가 참도 잘 들리는 밤이다.
아버지 얼굴에 잡힌 잔주름살까지 역력히 보이는,

(현대시학, 5월호)

101

농경사회에서는 '소' 만큼 귀한 것이 없다. 그런데 산업사회로 전환된 지 오래인데도 시인에게는 소가 매우 귀중한 존재로 여겨진다. 소가 동양의 정신문화에서 이런저런 상징으로 기능하고 있는 것도 이와 무관하지 않다. 흔히 주고받는 "소는 누가 키우냐"라는 말에도 '소'의 상징성은 들어 있다. 이런 논의는 이 시의 시인에게도 '소'가 아주 귀중한 어떤 무엇의 상징으로 존재한다는 것을 뜻이다. 그렇다. 그에게도 소는 "좋은 소 그른 소가 없"이 다 소중하다. "황소도 좋고 암소도 좋고 송아지도 좋다. 칡소는 칡소라서 좋고 누렁이는 누렁소라서 좋다". "길을 가다 말고도 실한 황소를 보"면 "언제까지나 바라보고 있는 것이" 시인이다. "끝내는 그 소 참 좋다! 하고는 볼기짝을 탐스러운 듯이 두드"리기도 한다. "밭 가운데서 일을 하다가도 쇠방울 소리가 나면" "소를 이모저모 뜯어보"며 "그 소 참 좋다!" 하고 "한 마디" 하는 것이 그이다. 이처럼 소에 깊이 매어 있는 것이 시인이거니와, 이로 미루어보면 산업사회의 한복판을 살면서도 그는 내면 깊숙이 농경사회 시절의 농부의 마음을 그대로 간직하고 있는 듯하다. 여전히 그는 "밭갈이 끝낸 소를 앞장세우고 집으로 들어오며 얘들아! 소 들어간다. 소 들어가신다. 고래고래 고함을" 치던 농부의 마음을 간직하고 있는 사람이라는 얘기이다. (a)

# 강변 산부인과
### — 부재만이 아름답고 모든 사라짐만이 충만한 환영

박주택

저곳만이 시간이 천천히 흘러가는 곳 유령들은 숨을 참았다가 뱉어내
고 자욱이 낀 안개는 기억을 떠난 것들의 소리들이다 턱을 움직여 밤이
갉아대는 냄새에게는 사각거리는 자궁의 전체 한숨을 돌리자 보이지 않
던 것이 보이기 시작한다 자궁은 말한다 말할 수 없는 것을 말하고 기억
하지 못하는 것을 기억하라 기관들은, 일제히 말을 듣지 않는 힘들의 주
체에 맞서 움직인다 더 빨리 유령들은 소리를 거느리며 들이닥치고 밤은
낙태를 기다리는 밤의 먹이가 된다 천천히 흐르는 시간을 도둑질하는 온
몸에 박힌 비명들, 잎사귀를 마구 흔드는 나무처럼 자욱이 흘러내리는
땀들, 그때 여자의 머리에 솟은 뿔은 너무 많이 구부러져 살을 파고든다
생애를 마구 찌르고 창백한 운명은 멀리 도망을 간다 …… 그리고 모든
것을 새롭게 만드는 힘을 가진 아이, 자궁으로 새어 들어오는 빛에 감겨
사지를 비튼다 사지를 비틀며 폭력을 일으켜 자궁을 걷어찬다 뿔은 살을
파고들어 비명을 지배하고 어슬렁거리던 바람이 후루루룩 잎사귀를 떨
구는 밤 어느 거대한 집 유리창마다에 돋는 소름들

(실천문학, 여름호)

사람들은 흔히 산부인과를 아이들이 태어나는 공간으로 인식한
다. 산부인과는 생명의 공간으로 받아들이는 것이다. 산부인과가 실제
로도 그런 공간인가. 시인이 보기에는 그렇지 않은 듯싶다. 자욱이 안개
가 끼어 있는 산부인과는 수많은 유령들이 "숨을 참았다가 뱉어내"는 공
간이다. 장례식장과 다름없는 공간, 죽음의 공간이라고 할 수밖에 없다.
이때의 죽음의 공간은 산부인과가 자궁을 다루는 곳이라는 점에서 더욱
구체화된다. 자궁은 알고 있다, 이곳이 생명의 공간이기보다는 죽음의
공간이라는 것을! 그래서 자궁은 강하게 말한다, "말할 수 없는 것을 말
하고 기억하지 못하는 것을 기억하라"고. "말할 수 없는 것", "기억하지
못하는 것"은 무엇인가. 시인은 그것을 꼭 집어 말하지는 않는다. 하지
만 대강 짐작할 수는 있다. "더 빨리 유령들은 소리를 거느리며 들이닥
치고 밤은 낙태를 기다리는 밤의 먹이가 된다" 등의 구절을 통해서 말이
다. 이런 그로테스크한 이미지의 주체는 물론 여자이다. "낙태를 기다리
는 밤의 먹이" 말이다. 따라서 여자의 온몸에 비명이 박혀 있는 것은 당
연하다. 몸에 비명이 박혀 있는 여자로서는 뿔이 나지 않을 수 없다. "너
무 많이 구부러져 살을 파고" 들 정도인 것이 그녀의 뿔이다. 하지만 "모
든 것을 새롭게 만드는 힘을 가진 아이"가 태어나는 곳도 자궁이다. 물
론 아이는 자궁에 자리를 잡자 마자 "사지를 비틀며 폭력을 일으켜" 여
자의 "자궁을 걷어"차기도 한다. 낙태가 아니라고 하더라도, 잉태라고
하더라도 산부인과에서의 자궁은 고통의 공간이다. 그러니 산부인과 병
원의 "유리창마다" "소름들"이 돋는 것은 당연하다. (a)

# 흠집

박후기

이가 깨져 대문 밖에 버려진 종지에
키 작은 풀 한 포기 들어앉았습니다
들일 게 바람뿐인 독신(獨身),
차고도 넉넉하게 흔들립니다
때론,
흠집도 집이 될 때가 있습니다

(유심, 3월호)

**버려진** 종지는 더 이상 사람들의 손을 타지 않는다. 내버려둔 종지에 자연이 깃들기 시작한다. 어디선가 씨앗이 날아와 싹을 틔우고 키 작은 풀 한 포기가 자리잡는다. 그 풀 한 포기에는 종지가 집이 되는 셈이다. 들일 게 바람뿐인 독신이었던 종지에게 풀 한 포기가 깃들어 함께하게 된다. 사람들의 눈에는 흠집이었던 것이 풀 한 포기에는 넉넉한 집이 되어준다.

이 흠집 난 종지는 쓸모 있음과 없음에 대한 장자의 지혜를 떠올리게 한다. 사당의 신목으로 심어진 큰 나무를 보고 제자가 탐을 내자 장자는 그 나무가 쓸모없는 나무였기에 그토록 오래 살 수 있었다고 말한다. 곧고 질 좋은 나무였다면 진즉에 베어서 무언가를 만들었을 것이다. 흠집이 없었다면 종지는 대문 밖에 버려져 홀가분하게 바람을 맞다 풀 한 포기 들어앉혀 집이 되어주는 새로운 삶을 살지 못했을 것이다. 사람의 시선을 한 치만 벗어나면 쓸모 있음이니 없음이니 하는 구분 자체가 별무소용이 되어버리는 다른 차원이 열린다. (c)

# 참새 왕진

반칠환

겨우내 언
꽃가지 팔목마다
맥을 짚는다

'살았군, 살았어'
쨱쨱 소견 내고,
찍찍 갈겨 쓴다

'열꽃 터지고 나면
여름내 푸를 거야~'

포릉포릉 날아가면
한들한들 깨어난다

(시인세계, 여름호)

'왕진' 이란 말이 사라져 가고 있다. 의사가 환자의 집으로 방문해 진료하는 것을 뜻하는 이 말을 요즘은 거의 들어보지 못했다. 옛날 소설이나 영화를 보면 왕진 가방을 든 의사가 몸을 가누지 못하는 환자의 집을 방문하여 이런 저런 처방을 하는 장면을 흔히 볼 수 있다. 병원에서 1시간을 기다려 1분 정도 진료를 받는 요즘의 상황과는 달리 그야말로 환자 중심의 진료가 이루어지는 장면이다.

이 시의 참새 의사는 부지런히 왕진을 다니는 옛날식 의사이다. 동상이 심해 움직이지 못하는 꽃가지들마다 일일이 찾아다니며 진료한다. 팔목의 맥을 짚어보고 진단서를 쓴다. "살았군, 살았어"라며 자신 있게 소견을 내고, "열꽃 터지고 나면/여름내 푸를 거야~"라고 향후 상태를 예견한다. 참새 의사의 활기찬 왕진에 힘입었는지 힘없이 늘어져 있던 꽃가지들은 한들한들 깨어나고 봄은 급속도로 무르익는다. (c)

# 염소

배한봉

염소가 말뚝에 묶여
뱅뱅 돌고 있다. 풀도 먹지 않고 뱅뱅 돌기만 하는 염소가

울고 있다.

우는 염소를 바람이 톡톡 쳐본다. 우는 염소를 햇볕이 톡톡 쳐본다.
새까맣게 우는 염소를 내가 톡톡 다독여본다.

염소 주인은 외양간 서까래에 목매달고 죽은 사람.

조문을 하고 국밥을 말아먹고 소피를 보고,
우는 염소 앞에서 나는 돌 한 개를 주워 말뚝에 던져본다.

말뚝은 놀라지도 않고 아파하지도 않고 꼼짝하지도 않으면서 염소 목
줄을 후려 당긴다.

자기 생의 말뚝을, 하도 화가 나서 앞도 뒤도 없이 원심력도 같이 뜯
어 먹어버린 염소 주인.

뿔로 공중을 들이박을 줄도 모르고
세상 쪽으로 힘껏, 터질 때까지 팽팽히, 목줄 당겨볼 줄도 모르던 주
인처럼 뱅뱅 제자리 돌기만 하는 염소가

울고 있다. 환한 공중에 동글동글 새까만 울음을 누고 있다.

(현대시학, 11월호)

조문을 갔다가 만난 염소, "말뚝에 묶여/뱅뱅 돌고 있"는 염소를 노래한 시이다. "풀도 먹지 않고 뱅뱅 돌기만 하는" 상갓집의 염소 말이다. 염소는 지금 "울고 있다". "우는 염소를 바람이 톡톡 쳐"보고, "햇볕이 톡톡 쳐본다". 하지만 시인은 이 염소를 "톡톡 다독여본다". 동병상련을 느끼기 때문이리라. 주인을 잃어버린 염소……, 염소의 "주인은 외양간 서까래에 목매달고 죽은 사람"이다. 생각해보니 시인 자신도 주인을 잃고 염소처럼 말뚝에 매어 있는 듯싶다. 시인은 문득 "돌 한 개를 주워 말뚝에 던져본다". 말뚝은 "꼼짝하지도 않으면서 염소 목줄을 후려 당긴다". 주인이 "서까래에 목매달고 죽"었으니 이제 누가 염소를 말뚝에서 풀어주겠는가. "뿔로 공중을 들이박을 줄도 모르"는 염소, 자신의 "주인처럼 뱅뱅 제자리 돌기만 하는 염소", 염소로서는 지금 그냥 울 수밖에 없다. 당연히 측은지심이 인다. 시인이 이 모습을 "환한 공중에 동글동글 새까만 울음을 누고 있다"고 표현한 것이 재밌다. 많은 사람들이 저 자신을 주인을 잃고 말뚝에 매여 있는 염소라고 생각하지 않는가. (a)

# 도끼

백무산

아궁이를 막아버린 뒤 도끼가 보이지 않는다
삶은 식고 그대도 떠나고 땀은 가치가 없어져
묵혀둔 방에 쥐들이 우글거리도록 버려둔 아궁이

연기도 불꽃도 없는 열기들의 지배력이 지겨워서
활활 불을 질러 넣고 싶어서 도끼를 찾았더니
뒷마당 습한 흙에 녹이 슬어 뒹굴고 있다
자루는 썩어 없어졌다 식은 몸으로 사는 사이
도끼자루만 썩혔구나

사는 게 도끼질 같은 때도 있었다
시도 때도 없이 곤두서던 몸에 승산 없는
도끼질을 해대던 때도 있었다
찍어 넘어뜨리지 않으면 덮쳐올 벽을 향해
죽기 살기로 패대던 시절도 있었다
헛손질로 바위나 찍어대던 시절도
어둠에 질러대던 고독한 도끼질도 있었다

하지만 한 번도 제대로 갈라보지 못하고 무뎌진 도끼
연기도 불꽃도 없는 비릿한 열기로는
눅눅한 한 시절을 태워버릴 수 없고
쩍쩍 갈라내지 않으면 안개를 걷어낼 수 없어
손바닥에 침을 퉤 바르고 도끼질 좀 해야겠기에

날만 벼리면 아직은 쓸 수 있을까 자루도 든든히 해다 박았다
그런데 그 방에 그대가 없다

(실천문학, 가을호)

**작품의** 화자에게 "사는 게 도끼질 같은 때"가 있었다. 그와 같은 행동이 수월하지 않았지만, "그대"를 위한 것이었기에 기꺼이 추구했다. 그리하여 "시도 때도 없이 곤두서던 몸에 승산 없는/도끼질을 해대"었다. 행복을 추구했다기보다 "찍어 넘어뜨리지 않으면 덮쳐올 벽"이 두려웠기 때문이다. 그런데 화자는 "죽기 살기로 패"대었지만 뜻을 이루지 못했다. 그의 책임으로 돌리기에는 너무 거대하고 변화가 큰 시대가 도래했기 때문이다. 그리하여 "도끼"는 어느새 잊혀지고, 그에 따라 "삶은 식고 그대도 떠나고 땀은 가치가 없어"지고 말았다. 도래한 시대에 살아남기 위해 "도끼"를 잊은 것이다. 그렇지만 역사의 변화를 추구했던 화자가 "도끼"를 완전하게 망각할 수는 없다. 사회적 존재로서의 양심을 버린 것은 아니기 때문이다. 그리하여 다시 "도끼"를 잡는데, 이젠 "그대"가 보이지 않는다. 정녕 "도끼"가 쓸모없는 시대가 된 것인가. (d)

# 국외자

백상웅

　언 것들은 가장자리부터 녹았습니다. 전단지의 얼어붙은 귀퉁이도, 동네를 싹둑 썰던 골목의 칼날도 날이 풀리면서 형체를 잃고 사라졌습니다. 옥탑 서너 평에 살며 첫 겨울을 보냈습니다. 얼기 전의 온도와 녹기 전의 온도는 비슷한데 나는 한 살을 먹었습니다. 철제 빗물받이에서 톡톡 떨어지는 물방울이 점점 커져갔습니다. 나는 가장 높은 방에 누워 물방울의 맥박을 쟀습니다. 언 것들은 가운데서 가장 먼 곳부터 얇게 사소하게 잊혀갔습니다. 가장 먼 시간이 먼저 늙어갔습니다. 먼저의 아버지처럼 다음의 어머니처럼. 그 사이에 내가 얼마나 살기 편해졌는가. 이건 겨울과 다른 문제인 것입니다.

(현대시, 3월호)

가장자리에 있는 것들의 존재는 늘 미미하다. 가장 나중에 생겨서 가장 먼저 사라진다. 언 것들이 녹는 현상에서 극명하게 드러난다. 날이 풀리면 얼어 있던 것들은 가장자리부터 풀리며 형체를 잃고 사라진다. 사람들의 삶도 다르지 않다. 세상의 가장자리에서 살아가는 변두리 인생들은 부지불식간에 사라진다. 옥탑방 서너 평에서 살아가는 화자의 삶도 위태로워 보인다. 옥탑방에서 겨울을 지내며 하릴없이 나이만 먹는다. 빗물받이에서 떨어지는 물방울이 점점 커질수록 시간은 점점 늙어간다. 날이 풀릴수록 얼어 있던 것들은 사소하게 잊혀져 갈 것이다. 잊혀지는 것조차 잊혀지는 국외자들의 운명이다. 소외 중의 소외는 주변에서 의식조차 하지 못하는 사이에 사라지는 것이 아닐까? 아예 열외로 취급되어 거론조차 되지 않는 상태가 그런 것이다. 지금 이 순간에도 소리 없이 사라져 가는 국외자들이 너무 많다. 철저히 잊혀진 채 사라져 가는 존재들의 통렬한 아픔이 담담한 어조에 실려온다. (c)

# 나주의 긴 처마

서효인

　　고모의 남편은 고모의 아이들이 중학생이 될 무렵 육교에 매달려서 노래를 불렀다. 기차를 놓친 노인처럼 발을 동동 구르며 떨어졌다. 치약 공장에 다니는 아줌마 중에 고모는 키가 작은 축에 속했고, 팔자 또한 땅 꼬마 같아 기를 쓰고 일어나도 중간 이상은 아니었다. 치약 공장 옆에는 국회의원의 본가가 있었는데, 허황된 자세의 기와집이었다. 우리는 쭈뼛 거리며 처마 밑을 지나갔다. 고모부는 덜 말린 생선처럼 술 냄새를 풍기 며 우리를 불렀다. 사자(死者)의 채무가 전통처럼 끈질겼다. 고모는 우뚝 솟은 기와집을 마주 보고 선 가옥에서 살았다. 사나운 짐승이 씹다 버린 질긴 음식 같은 집에서 고모는 하나의 기둥이 되어갔다. 고모, 기둥이 되 기에는 고모의 키는 너무 작지 않나요. 고모부의 노랫소리가 들렸고, 밖 에서 때 아닌 번개가 추락했다. 다 쓴 치약이 마지막 각혈을 밀어냈다. 기둥이 웃었다. 국회의원은 무소속으로 출마하여 5선에 성공했고 그자 가 초선일 때부터 지금까지 한 여인은……,

(작가들, 가을호)

이 시는 고무부와 고모의 이야기를 바탕으로 하고 있다. 고무부와 고모는 어떤 사람인가. 우리네 이웃인 갑남을녀이다. "덜 말린 생선처럼 술 냄새를 풍기며 우리를" 부르던 고모부, 고종사촌들이 "중학생이 될 무렵 육교에 매달려서 노래를" 부르던 고모부는 육교에서 떨어져 죽었다. 고모부의 채무, 곧 "사자(死者)의 채무"는 "전통처럼 끈질겼다." "키가 작은 축에 속"하는 혼자가 된 고모는 "치약 공장에 다니"며 생계를 꾸렸다. "고모는 우뚝 솟은 기와집을 마주 보고 선 가옥에서 살았다". "우뚝 솟은 기와집"은 "치약 공장 옆에" 있는 "국회의원의 본가"였다. 처마가 긴 "국회의원의 본가"는 "허황된 자세의 기와집이었다". 고종사촌들과 나는 쭈뼛거리며 이 집의 처마 밑을 지나다녔다. 고모네 집은 "사나운 짐승이 씹다 버린 질긴 음식"처럼 허름했다. 고모는 이런 집의 기둥으로 살았다. "기둥이 되기에는" 너무 작은 고모, 국회의원이 "무소속으로 출마하여 5선에 성공"할 때까지도 고모는 치약 공장에 다니며 생계를 이었다. 5선에 성공한 국회의원과 대조되어 있는 고무부와 고모의 힘든 삶에 대한 시인의 따뜻한 연민을 담고 있는 시이다. ⒜

# 그림일기

성향숙

집으로 가는 길목에서
멀리 보이는 무덤과
낮은 지붕과
쨍쨍하게 내리쬐는 태양과

할머니가 언덕에 선다
어머니가 언덕에 선다
언니도 나도 동생도 언덕에 선다

우리 집엔 여자들만 살았다
매일 밤 이불 속에 들어가
하릴없이 울었다

바람이 지나가고
달이 백만 번 커졌다 작아진다
다리 밑의 시냇물 더디 흐르고
낮아지는 구릉과
키 작은 나무들이 쓸쓸히 굽었다

몇 겹으로 가려진
검은 창을 스크래치하면
간간이 새어나오는 노란 웃음
골목이 길다

언덕 가득 벗어놓은 가로등빛 아래서
고양이 늘 서성거리고
건너야 할 다리와
다리 밑의 푸른 물빛과
빨려들어 갈 긴 골목을 읽는다

(웹진 시인광장, 12월)

**작품의** 화자는 "매일 밤 이불 속에 들어가/하릴없이 울었"던 자신의 모습을 그림일기로 그리면서 "언덕" 위에 선다. 다행이다. 만약 화자가 지하 방에서 웅크리고 있었다면 울고 있는 자신을 극복할 수 없었을 것이다. "언덕"은 주체성을 가지고 세상을 볼 수 있는 장소이다. "언덕"에서는 "집으로 가는 길목"이 보인다. "멀리 보이는 무덤"이며 "낮은 지붕"들이며 "건너야 할 다리"도 보인다. 자신이 어디로 가야 할지 정할 수도 있다. "언덕"은 산보다 낮기에 천상보다는 지상에 가깝다. 따라서 "언덕"에 발을 딛고 있는 것은 현실의 고난이나 힘듦을 지상에서 해결하는 데 유리하다. 화자는 그 "언덕"의 기운을 어린 나이에 받았다. 그것은 우연에 의해서가 아니라 필연에 의해서였다. 화자는 어린 나이였지만 "여자들만 살"던 집을 벗어나기를 열망하고 있었던 것이다. (d)

# 낭만적 노동자

손순미

　나는 매우 바쁘다 공원 귀퉁이에서 바람을 감상하는 일을 주로 맡고 있다 대낮에 벤치를 다 차지하기에 좀 미안한 일이지만 뭐 그쯤은 이해 받고 싶다. 구름이 몰려오는 것 꽃과 풀이 자라는 것 새와 나비가 날아오는 것을 구경한다. 이건 사회적으로 매우 중요한 일이다.

　나의 일과는 매우 바쁘다 노을이 지는 것과 자전거를 타는 아이들과 쌈박질하는 자들과 주린 배를 움켜쥐는 사람들을 지켜봐야 한다 나는 이 공원에서의 일을 자주 체크한다. 이만한 노동이 또 어디 있겠는가 나는 이 공원의 전문가다 내가 빈둥거린다고 말하는 사람들도 너무 바쁘고 나도 너무 바쁘다

(현대시학, 1월호)

노동의 가치를 정신적인 것보다 육체적인 것으로는 물론 생산물을 얻기 위한 것으로 국한시킬 필요는 없다. 노동의 가치는 생산성의 관점으로만 매길 수 없는 것이다. 생산성이 적은 사람이라고 해서 사회의 필요성이 적은 노동자로 간주해서는 안 된다. 그 구체적인 대상이 노인이나 장애우 등이다. 그들도 최선을 다해 노동을 하고 있다. "공원 귀퉁이에서 바람을 감상하는 일"이나 "구름이 몰려오는 것 꽃과 풀이 자라는 것 새와 나비가 날아오는 것을 구경"하는 일이 그러하다. 따라서 그들을 생산성이 없다고 배척할 것이 아니라 "사회적으로 매우 중요한 일"을 수행하는 노동자로 인식할 필요가 있다. 인권과 복지를 그들의 권리로 인정해야 하는 것이다. (d)

# 연못의 광기

동료가 사표를 내고 히말라야로 떠났다.
울적한 마음에 그와 함께 보던 근린공원 못물을 들여다본다

이런 연못이라도 있어 검게 탄 얼굴을 씻어보는구나,
고요한 못물 속에서 하마터면 위안을 얻을 뻔했는데
가만 보니 못 속 날쌘 올챙이 한 마리가 아까부터 비실비실
힘없이 유영하는 올챙이를 집적거리고 있다
툭 치고 잠잠하자, 시험하듯 다시 한 번 툭 치고, 그래도 잠잠하자
바글바글 떼 지어 나타난 무리들이 일제히 아귀아귀 뜯어먹기 시작한다
못물이 탁해진다 싶으면 동족을 뜯어먹어 개체수를 조절한다는 올챙
이들

맑은 못물 속에서 철썩, 따귀라도 때리듯 붕어 한 마리가
수면을 찢고 몸을 들어 올린다
텀블링이라도 하듯 도약을 한 물고기가 죽비 치는 소리를 내며
뛰쳐나온 물속으로 다시 돌아갈 때, 그 낙차가,
히말라야 산정처럼 아찔한 것은 무엇 때문인가

이도저도 못하고 가끔씩 회사 건물 옥상에 올라가 멀리
북한산 봉우리나 더듬고 내려오는 나여,
털썩 주저앉은 의자에
내어준 엉덩이를 기꺼이 뜯어먹고 있는 나여

고요한 연못 속에 광기가 바글거린다

(시인동네, 겨울호)

**취직하기도** 어렵지만 사표를 쓰기도 어려운 세상이다. 사표 쓰고 싶은 마음이 굴뚝같더라도 감히 어쩌지 못하며 하루하루를 살아가는 것이 이 시대 평균적인 직장인들의 삶이다. 그런데 동료가 사표를 쓰고 히말라야로 떠났다면? 동료의 용기에 감탄하면서 동시에 묘한 열패감에 빠져들 것이다. 이 시의 화자는 바로 이런 심리 상태에서 동료와 함께 간척이 있는 근린공원을 찾는다. 고요해 보이던 연못은 자세히 들여다보니 인간 세상의 축도 같이 살벌하다. 힘없는 올챙이를 향해 다른 올챙이들이 몰려들어 사정없이 물어뜯는다. 동족을 뜯어먹어 개체수를 조절한다는 올챙이들의 생태는 자리다툼이 치열한 인간 사회와 흡사하다. 이런 생각으로 씁쓸해지는 순간 연못 속에서 붕어 한 마리가 힘껏 솟아올랐다가 다시 물속으로 돌아간다. 좁디좁은 연못을 찢듯이 몸을 들어 올렸다 내리치는 물고기의 몸짓에서 화자는 죽비소리를 떠올린다. 자신의 영역을 훌쩍 벗어나 전혀 다른 세계의 경계로 도약하는 물고기에서 필경 히말라야로 떠난 동료를 연상했을 것이다. 연못의 표면에서 솟구쳐 오른 지점까지의 그 수직의 낙차는 연못처럼 좁은 인간 세상에서 히말라야 산정 사이의 거리에 비례한다. 어쩌랴, 광기가 바글거리는 이 좁은 세상에 머물며 높이의 삶을 꿈꾸는 방법은 고작 북한산 봉우리나 더듬어보는 것임을. (c)

# 꽃, 다시 와서 아프다

손현숙

뼈마디 마디 나른하게 길가 풀섶에
고양이 한 마리 앞발 뒷발 꽃잎처럼 포개 누웠다
저, 아지랑이 못갖춘마디 얼룩이다
한때는 제 몸을 날려서 먹이를 구하고
새끼를 낳고 세상을 할퀴었겠지만
저건 짐승의 쉼표, 벌써 일주일째
밤마다 죽은 아버지의 맨발이 포개진다
잠이나 실컷 재울 속셈으로
흙 몇 삽 떠내고 구덩이 하나 팠다
빈손으로 가볍게 주검의 무게를 받아
땅속에 꽃씨 하나 다독다독 묻었다
꽃 한 송이 자장자장 재웠다
순한 짐승의 숨소리
꽃은 잠의 물관을 빨아 다시 돌아오겠지만
동네 사람들 약속이나 한 듯
오늘은 언 땅 뒤집어서 흙 갈아엎는다
무릎에 흙 털고 아픈 허리나 짚고 일어서는데
말랑해진 흙에서 사람의 살 냄새 난다

(리토피아, 여름호)

**"꽃"의** 인상은 화려함, 매혹, 새초롬, 은근함 등으로 다양하지만 역동성을 띠고 있다. "꽃"이 역동성을 띠는 이유는 "고양이"며 "아버지"를 취했기 때문이다. "고양이"나 "아버지"는 "제 몸을 날려서 먹이를 구하고/새끼를 낳고 세상을 할퀴"다가 흙으로 돌아간 존재이다. 따라서 그들을 먹고 자라난 "꽃"은 역동성을 띨 수밖에 없다. 무서운 존재인 것이다. 그렇지만 "꽃"은 무서워할 사람들의 마음을 한순간에 날려버린다. "꽃"의 얼굴을 바라보면 누구나 무서움을 망각하고 아름답다는 찬사를 보내고, 슬픔과 안타까움과 아픔을 잊는다. 그리고 기쁨과 즐거움을 갖는다. 그러니 화자여, 돌아온 "꽃"을 두고 "아프다"고 말하지 말아라. "꽃"이라고 아프지 않겠는가. (d)

# 공기가 좋지 않다

송경동

오랜만에
쌍용자동차 대한문 분향소를 들렸다 오는데
공기가 좋지 않다. 까닭 없이
자꾸 따라오는 사람이 무슨 경찰 프락치 같고
굳이 먼 골목까지 따라와 담배를 나눠 피우며
힐끔거리는 어린 전경들도 꼭 경찰 소속만은 아닌 것 같다
근래 자주 지지거리는 핸드폰 통화음도
자주 다운되던 컴퓨터 화면도 불길하다

공기가 좋지 않다
한땐 연대하는 사람들로 북적이는 해방구였다가
24시간 경찰이 진주하는 무법의 계엄지대가 되어버린 대한문 분향소가
광장 건너편에 지붕이 더 낮아진 비닐천막을 치고
분열 고립되어버린 재능교육 특수고용직 노동자들
고공농성 260일이 넘어가는 현대차 비정규직들
빈 공장에서마저 쫓겨난 콜트-콜텍 정리해고자들
짓밟히고 고립되어가는 강정의 평화마을
송전탑 아래 깔린 밀양의 농부들
이젠 누가 죽는다 해도 해결되지 않는 문제들이
투쟁 1000일도 2000일도 둔감한 이 사회의
공기가 좋지 않다

거대한 음모가 잔인한 계획이
온 사회를 감싸 안은 것처럼

공기가 좋지 않다
나를 감싸고 있는 너를 감싸고 있는
모든 공기가 좋지 않다
누군가 또다시 질식해가기 전에
희망이라는 연대라는 신선한 공기로
이 나쁜 공기를 몰아내야 할 텐데
우리가 오늘 내뿜는 공기마저 좋지 않다

(서정시학, 겨울호)

**작품의** 화자는 "쌍용자동차 대한문 분향소를 들렀다 오는데/공기가 좋지 않"은 분위기를 느끼고 있다. "까닭 없이/자꾸 따라오는 사람이 무슨 경찰 프락치 같"다고 여기고 있는 것이다. 자신의 뒤를 누군가 밟고 있다고 생각된다면 얼마나 두렵고 무섭겠는가. 그런데 그와 같은 일들이 실제로 일어나고 있다. 조지 오웰이 『1984』에서 권력자들의 사회 통제 수단으로 빅 브라더를 제시했듯이, 21세기의 한국 사회에서도 '민간인 사찰'이란 말이 등장할 정도로 개인의 사생활이 위협받고 있다. 사찰이란 본래 관료들의 직무를 감시하고 비리를 적발하기 위해 존재하는 것이기에, 정치적인 이유로 개인이 감시받는 일은 용인될 수 없다. 권력자가 자신의 권력을 유지하기 위해서, 또는 정적을 제거하거나 세력을 탄압하기 위해서 사찰한다는 것은 민주주의의 근간을 뒤흔드는 일이다. 그런데도 불법 행위가 버젓이 자행되고 있는 상황이다. "누군가 또다시 질식해가기 전에/희망이라는 연대라는 신선한 공기로/이 나쁜 공기를 몰아내야 할" 필요가 있는 시대이다. (d)

# 125…*

흰 파도와 검은 바위와의 절단된 교감
사막에서의 이슬 찾기
목구멍을 치솟는 낙타가시풀 이름


길 위에서 잠들지 못했다 잠들면 길을 잃었다 길은 잠이 없었다 잠은
꿈이 없었다 잠들면 눈이 내려 마을을 지우고 발자국 없이 그는 길 끝에
서 구사일생, 목숨을 주어도 아깝지 않은 자유 찾아 예까지 왔다 했다

망망대해 같은 이곳으로 흘러 들어와서 그는 그 잔잔한 물결 위에 쉬
지도 못했다 한시도 현을 놓아버리지 못했다 낙인보다 아픈 수인 번호를
가져야 했다 마른 목을 적시는 소주 한 방울의 달콤함에 취해 점점 그는
문둥이도 아닌데 눈썹이 사라지고 있었다

어떤 날은 얼굴도 볼 수 없었다 아니 생각하면 얼굴이 없었다 어느 날
깨끗하게 방을 비우고 사라지고 없었다 결코 모나지도 않는데 왠지 정이
가지 않아 무심했던 남자…… 온다간다 말도 없이 여태껏 소식 한 장 없
는 아랫방 세 들어 살던 그 사람…….

지금 어느 사막쯤?


* 새터민 주민등록번호의 뒷자리는 125로 시작된다.

(웹진 문장, 2월호)

130 오늘의 좋은 시

북한을 탈출해 남한에서 거주하고 있는 "새터민"들의 고난은 이루 말할 수 없다. 삼엄한 경비를 뚫고 월남한 "그"의 상황은 "길 위에서 잠들지 못했다 잠들면 길을 잃었다 길은 잠이 없었다"라고 볼 수 있다. 그와 같은 위험을 무릅쓰고도 월남한 이유는 "목숨을 주어도 아깝지 않은 자유"를 찾아 나섰기 때문이다. 그런데 "그"가 꿈꾸어온 "자유"는 남한에서도 쉽게 쟁취할 수 있는 것이 아니다. "낙인보다 아픈 수인 번호를 가져야 했"기 때문이고, 남의 집에 "세 들어 살" 수밖에 없을 정도로 경제적인 어려움에 직면했기 때문이다. 그리하여 "그"는 "어느 날 깨끗하게 방을 비우고 사라지고" 말았다. "그"는 또 다른 "사막"에서 헤매고 있을 것이 분명한데, 그와 같은 처지에 놓이게 된 데는 우리의 책임이 크다. "새터민"들에 대한 민간인들의 손길도 필요하지만, 좀 더 국가적인 차원의 보호와 지원이 필요하다. (d)

# 찔레꽃은 피고

이웃 가게들이 다 불을 끄고 문을 닫고 난 뒤까지도
그 애는 책을 읽거나 수를 놓으면서 앉아 있었다.
내가 멀리서 바라보면서 서 있는
학교 마당가에는 하얀 찔레꽃이 피어 있었다.
찔레꽃 향기는 그 애한테서 길을 건너왔다.

꽃이 지고 찔레가 여물고 빨간 열매가 맺히기 전에
전쟁이 나고 그 애네 가게는 문이 닫혔다.
그 애가 간 곳을 아는 사람은 아무도 없었다.

오랫동안 그 애를 찾아 헤매었나 보다,
언제부턴가 수시로 그 애가 보이기 시작한 것을 보면.
강마을 분교에서 보았다, 아이들 앞에서 날렵하게 몸을 날리는,
산골읍 우체국에서 보았다, 두꺼운 봉투에 우표를 붙이는,
광산에서 보았다, 뙤약볕 아래서 힘겹게 돌을 깨는.
서울의 뒷골목에서, 항구의 술집에서, 읍내의 건어물점에서
그 애를 거듭 보면서 세월은 가고, 나는 늙었다.
엄마가 되어 있는 그 애를, 할머니가 되어 있는 그 애를,
아직도 나를 잊지 않고 있는 그 애를.
하얀 찔레꽃은 피고,
또 지고.

(미네르바, 가을호)

132  오늘의 좋은 시

**젊었을 때는** 미래를 바라보고 살지만 나이가 들어서는 과거를 바라보고 산다. 이 시의 시인도 마찬가지이다. 시인은 이 시에서 어렸을 때 한 애를 좋아했던 체험을 재구성하고 있다. 시인은 그때 가게들이 늘어서 있는 장터에서 살았던 듯하다. 우선은 "이웃 가게들이 다 불을 끄고 문을 닫고 난 뒤까지도" "책을 읽거나 수를 놓으면서 앉아 있"던 그 애를 회억한다. 어린 그가 "멀리서 바라보"던 "그 애한테서"는 "찔레꽃 향기"가 건너오고는 했다. 하지만 "전쟁이 나고 그 애네 가게는 문이 닫"힌다. 그런 이후 "그 애가 간 곳을 아는 사람은 아무도 없"다. 시인은 아주 "오랫동안 그 애를 찾아 헤"맨다. 그런데 시인은 "언제부턴가 수시로 그 애가 보이기 시작"한다. 물론 그것은 현실이 아니라 환상이다. "강마을 분교에서", "산골읍 우체국에서" "돌을 깨는" "광산에서", "서울의 뒷골목에서, 항구의 술집에서, 읍내의 건어물점에서/그 애를 거듭 보"면서 "세월은 가고", 그는 늙는다. 물론 이때의 그 애는 이미 보편화되어 있다. "엄마가 되어 있는 그 애", "할머니가 되어 있는 그 애"라는 표현이 가능한 것도 바로 이 때문이다. 정말 그 애는 아직도 시인을 잊지 않고 있을까. 첫사랑을 잊지 못하는 시인의 마음이 아련하다. (a)

# 손님

창유리를 빗어 내리는 만큼
창유리에 살며시 기대는 만큼의
햇살이
30층 아파트 1층 거실에
귀하게 오시네

닫은 유리창으로 오시는
오전에 잠시 다녀가는
성경 한 구절의 은유로 오시는 손님
천천히 천천히 그 구절을 뼈에 새기듯
몸을 다 맡겨버리네

그렇더라도 몇 백 년은
이 냉기 얼었다 녹았다 세월 무상하리
그렇더라도 오늘은
조금 야하게 눈감으며
온몸을 그 손님에게 맡겨버리네.

(시평, 가을호)

134   오늘의 좋은 시

작품의 화자는 "햇살"을 "오시는 손님"으로, 즉 자신에게 "몸을 다 맡겨버리"는 존재로 인식한다. "오전에 잠시 다녀가는" 상대에 불과한 것이 아니라 영원히 함께하는 존재로 여기는 것이다. 그리하여 화자 역시 "온몸을 그 손님에게 맡"긴다. 그를 인생의 동반자로 여기고 품는 것이다. 인연조차 이익을 따지는 계약관계로 맺어지고 있는 시대에, 아침 "햇살"을 귀한 "손님"으로 여기는 화자의 태도는 의미가 크다. 인연의 상대를 기꺼이 껴안을 때 인생의 "무상"함을 이겨낼 수 있는 것이다. (d)

# 노인

신미균

공기 방울 하나가 수면 위로
느릿느릿 올라와
뽁,
터집니다.

수면과 붙어 있던 하늘이
바사삭
깨져 녹아내립니다.

한나절이 지난 후

수면 위로
공기 방울 하나
또 올라와 터집니다.

급할 일은 아무것도 없습니다.

수면 위엔
구름이 길게 누워버립니다.

저녁때쯤 또다시
공기 방울 하나가 수면으로
올라와

뿍,
터집니다.

급할 일은 아무것도 없습니다.

(문학과 창작, 가을호)

우리에게 "노인"이 주는 이미지는 어떤 것일까? 아마도 나이를 많이 먹은 늙은이 정도일 것이다. 그리하여 "노인"은 공(功)이 크거나 품위가 있는 존재가 아니라 병들고 쓸모없는 존재로 인식되고 있다. 인간 자체로서가 아니라 생산력이 없다고 폄하하는 것이다. 그리하여 우리나라의 노인 빈곤율은 48.6%(2011년 기준)로 OECD 국가들의 노인 빈곤율(12.4%)보다 월등히 높다. 뿐만 아니라 노인 인구 자살율 또한 가장 높다. 노인 문제에 적극적으로 관심을 가져야 하는데 일자리 마련, 연금 지급, 의료 복지 등의 대책은 물론이고 노인 문화의 마련이 필요하다. 노인을 짐처럼 여기는 것이 아니라 존중하는 문화가 마련되어야 하는 것이다. "노인"에게 "급할 일은 아무것도 없"는 날이 필요하지 않는가? (d)

# 과지초당(瓜地草堂)에 들다

신필영

옛 발자국 찾아간다 주암 마을 외진 위뜸
대문 반쯤 닫아놓고 추사 은거 중이시다
가을은 툇마루 끝에 조요롭게 앉아 있고


벼루만 한 마당가엔 연못인가, 작은 연적
붓끝으로 점 점 찍은 구절초 하마 피어
한지에 먹물 스미듯 먼 곳으로 띄운 편지


필법도 다 버리고 홀로 지킨 남루 속에
한 시대 곧은 뼈대 강철인 양 세워놓고
등잔불 사위던 새벽 잔기침만 남아 있다

(현대시학, 11월호)

139

**높고** 아름다운 예술은 외로움과 남루에서 꽃피는 것일까. 시인은 "주암마을 외진 위뜸"에 있는 "추사"의 은거지를 찾아가 "대문 반쯤 닫아놓고" 외롭게 불태우던 그의 예술혼을 더듬어본다. 툇마루 끝까지 깊어진 "가을"은 어지러운 인간사를 내려놓고 자연과 벗하며 물아일체가 된 추사의 내면처럼 "조요롭"기만 하다. "벼루만 한 마당가"도 우주로 통하는 것일까. 붓끝을 다듬고 한지를 펼쳐 찍은 점들이 "구절초" 꽃향기로 피어나 그 옛날의 편지인 양 먼 곳에서.온 나그네의 가슴을 적신다. 시인은 그곳에서 세상의 "필법도 다 버리고 홀로" 새로운 필법을 계발하며 "곧은 뼈대 강철인 양 세워놓고" 간 추사의 가난했지만 지조 높은 선비정신을 다시 새겨본다. 선비요 예술가로서 외지고 비좁은 초당에 들어 "등잔불"이 되어 어두운 시대의 새벽을 열던 그의 "잔기침"만 남아 아직도.귀를 울린다. (b)

# 관념 지우기

심상운

지우개로 '관념'이란 단어를 지운다. 다 지워진 거 같은데 끝에 붙어 있는 'ㅁ'이 희미하게 얼굴을 내밀고 있다. 나는 손가락 끝에 힘을 더 주어 박박 민다. 그래도 'ㅁ'은 종이 속에 뿌리라도 박은 듯 헌 집을 지키고 있는 못 자국처럼 생생하다. 'ㅁ'은 나에게 끝까지 자신의 세계를 지키는 법을 보여주려는 것인가? 아니면 어디론가 맥없이 끌려간 '관녀'를 기다리고 있는 것인가? 나는 시를 쓰다가 자신의 발목을 붙잡고 있던 'ㅁ'에서 해방된 '관녀'를 생각한다. 어디선가 홀가분하게 자신의 몸을 함박꽃처럼 활짝 열고 있을 그녀를.

(시현장, 7호)

화자가 "지우개로 '관념'이란 단어를 지우"는 행위는 곧 기표에 고정된 기의를 제거함으로써 어느 대상에 대한 고정관념으로부터 벗어나려는 정신적 노력을 암시한다. 그러나 일상 속에서 이미 길들어져 있기 때문에 "헌 집을 지키고 있는 못 자국처럼 생생한" "관념"을 지운다는 것은 쉬운 일이 아니다. 화자는 "관념"이란 단어, 즉 기표에 "희미하게 얼굴을 내밀고 있"는 "ㅁ" 자를 보다가 그것이 지워진 "관녀"를 생각한다. "자신의 발목을 잡고 있던" "ㅁ"에서 해방된 "관녀"는 대상에 대한 "관념", 즉 고정된 일상어의 기의를 비우고 새로운 기의를 갖게 된 기표일 것이다. 그 기표는 이제 "자신의 몸을 함박꽃처럼 활짝 열고 있을" "관녀"처럼 새로운 기의를 보여줄 것이다. 아무튼 "관념"에서 "ㅁ"을 지워 "관녀"가 되게 하는 것은 시 쓰기의 과정이나 다름이 없다. 시 쓰기란 일상어를 사용하되 자신만의 독특한 문법으로 새로운 언어의 체계를 마련하는 창조적인 일이기 때문이다. 그러한 시에 쓰인 시어는 일상어의 기표가 갖는 고정된 기의, 즉 사전적 의미를 넘어서 새로운 내포적 의미를 보여주게 된다. (b)

# 늙은 나무가 사는 법

양문규


한겨울 세상 밖으로 뚜벅뚜벅 걸어나가는 늙은 나무들을 본다


한평생 붙들어 맸던 구름과 바람과 비와 햇살과 안녕
같은 하늘 속에 집이 되고, 그늘이 되고, 양식이 되던 풀과 꽃과 까치
와 다람쥐와 애기벌레들과도 안녕
봄날 한 아름 나무 등걸 속에 움틀 푸른 열기의 유혹마저도 영원히 잠
재운 채
안녕, 또 안녕


고래심줄 같은 뿌리가 폭설과 맞닿는 순간
한생은 극한이면서 또 얼마나 황홀한 사랑인가
서성이는 통곡 대신 허공을 들쳐 메고 가는 하얀 길


누구도 나이테에 그려진 죽음을 읽지 못하지만 늙은 나무들은 안다


걸으면서 쏴아 센 비바람에 잔가지 몇 개쯤 버리고,
누우면서 쌔앵 거친 눈보라에 굵은 몸 통째로 내려놓으며
저 높은 곳이 언제나 무덤이라는 것을


하늘을 떠가는 늙은 나무들 풍찬노숙(風餐路宿) 속에서 또 다른 나를
본다


(유심, 3월호)

늙은 나무는 왜 흰 눈이 쌓인 한겨울에 세상 밖으로 떠나야 하는 것일까. 흘러가던 꿈의 구름을 붙들어 매고 매서운 바람과 찬비를 견디며 한 줄기 햇살을 기다리던 늙은 나무가 가야 할 곳은 어디일까. 같은 하늘 아래서 더불어 살며 서로 기대고 나누던 "풀과 꽃과 까치와 다람쥐와 애기벌레들"과 안녕을 고하며 떠나는 늙은 나무의 뒷모습이 아리다. 시인은 "한 아름 나무 등걸"이 폭설과 맞서다 쓰러지던 순간, 그 '생의 극한'과 "황홀한 사랑"을 상상한다. 그리고 거친 껍질 속의 나이테에 그려진 비극적 죽음을 읽는다. 비바람을 견디며 봄을 기다리던 잔가지도 버리고 거친 눈보라에도 우람하게 하늘을 우러르던 몸 통째로 내려놓고 누워 있는 늙은 나무에게 "높은 곳이 언제나 무덤"이었다니……. 그러나 화자는 그 주검이 "하늘을 떠가"리라고 아픔을 달래며 자신과 동일시한다. (b)

# 귀

양애경

뾰족 솟은
짐승의
귀를 보면
슬퍼진다

멀리서
자기를 바라보는 줄 어찌 아는지
쫑긋, 떨리며 위로 올라가는
귀

오늘도 그랬다

고속도로에서 마주친
거대한 가축수송 차량 안

비죽 솟은
돼지의
순하디순한
분홍색 귀

나도 모르게 마음속으로 말하고 말았다

……내가
너를 먹고 살아야 하는 거니?

(현대문학, 12월호)

시를 가리켜 흔히 '순간의 거울'이라고 한다. 한순간의 단상을 담아내는 것이 시이기 때문이다. 마음에 비추어지는 순간의 풍경……. 물론 이때의 풍경에는 시인의 정서가 담겨 있다. 시인의 정서가 담겨 있기는 이 시도 마찬가지이다. "고속도로에서" 운전을 하고 가다가 시인은 "거대한 가축수송 차량"을 마주친다. "차량 안"에는 돼지가 실려 있는데, 우선은 "비죽 솟은/돼지의" "순하디순한/분홍색 귀"가 시인의 눈길을 사로잡는다. 시인은 "뾰족 솟은/짐승의/귀를 보"며 잠시 "슬퍼"한다. "멀리서/자기를 바라보는 줄 어찌 아는지/쫑긋, 떨리며 위로 올라가는" 돼지의 "귀" 말이다. 시인은 돼지의 이런 모습을 바라보며 진한 연민을 느낀다. 게다가 이런 돼지를 먹고 사는 자신을 생각하니 자괴감을 느끼지 않을 수 없다. 이 시의 말미에서 시인이 "내가/너를 먹고 살아야 하는 거니?" 하고 되묻는 것은 바로 이 때문이다. 이들 작은 것들, 힘없는 것들, 보잘것없는 것들로부터 느끼는 측은지심이야말로 시정신의 뿌리이다. ⓐ

# 꼽추

양해기

지하철을 타고 가는 꼽추
자리에 앉기 전까지 꼽추는 고개를 숙이고 있다
고개와 꼽추의 등이 수평을 이루고 있다

꼽추의 등에는 시간이 고여 있다
시간은 녹으면 물이 된다
물은 뒤집히면 분노가 된다
분노는
또 다른 봉분을 만든다

봉분이 없는 자들은
제 마음속으로 걸어 들어가 스스로
꼽추가 되기도 한다

(시인세계, 가을호)

지하철은 천태만상의 인간 군상을 관찰할 수 있는 공간이다. '지하철 ××녀'의 수많은 버전이 등장하는 것도 그 때문이다. 좁은 공간에 생면부지의 많은 사람들이 모여 있는 특수한 상황이기 때문에 눈에 띄는 외모나 행동은 확연히 눈길을 잡아끈다.

이 시에는 꼽추가 등장한다. 굽은 등에 고개까지 숙이고 있어 꼽추는 더욱 눈에 띈다. 그의 고개와 등은 거의 수평을 이루고 있다. 이 기이한 형상을 보며 화자는 이런저런 생각에 빠져든다. 꼽추의 등에서 녹록치 않았을 그간의 세월을 상상한다. 꼽추처럼 솟아 있는 낙타의 등에 물이 들어 있는 것에서 연상하여 "시간은 녹으면 물이 된다"고 한다. 낙타 등의 혹은 척박한 사막의 풍토에서 살아가기에 긴요한 에너지원이 되어주지만 꼽추에게 그것은 분노의 원천이었을 것이다. 그간의 분노가 쌓였다면 거대한 봉분이 되지 않았을까.

그러나 꼽추처럼 눈에 띄는 봉분이 없다 해서 다른 사람들에게는 분노가 없었을까? 봉분이 없는 자들 역시 마음속에는 보이지 않는 분노가 쌓여 꼽추가 되어 있을 것이다. 꼽추의 도드라진 등을 바라보던 시선은 어느새 우리 마음속의 굽은 등을 가늠하는 투시력을 내비친다. (c)

# 축대

오세영

누구는 그것을 벽이라 했고
누구는 그것을 길이라 했다.

날카롭게 절단된 돌과 돌이
이를 악문 바위와 바위가
빈틈없이 받들고, 고이고, 다지고, 끼워 맞춰
계곡의 비탈에 쌓아 올린 축대의
그 까마득한 높이.

위로는
트럭이 달리고,
버스가 달리고,
깃발들이 지나가고
연인들의 다정한 발걸음이 가볍지만

안간힘 써, 안간힘 써
암벽의 틈을 헤집고 뻗어 올린 그 연약한
꽃대 하나,
이 아침
활짝 꽃잎을 터트렸다.

누군가는 그것을 벽이라 하고,
누군가는 그것을 길이라 하고······.

(시와 정신, 봄)

**모든 존재는** 양가성을 지니고 있다. 긍정적인 면을 지니고 있는가 하면 부정적인 면을 지니고 있기 마련이다. 그렇다. 장점은 단점을 거느리는 법이고, 단점은 장점을 거느리는 법이다. "누구는 그것을 벽이라" 하고 "누구는 그것을 길이라"하는 이 시에서의 "축대"도 마찬가지이다. "날카롭게 절단된 돌과 돌이/이를 악문 바위와 바위가/빈틈없이 받들고, 고이고, 다지고, 끼워 맞춰/계곡의 비탈에 쌓아 올린 축대" 말이다. 축대의 "위로는/트럭이 달리고,/버스가 달리고,/깃발들이 지나가고/연인들의 다정한 발걸음"이 가볍게 지나가니 길이라고 하지 않을 수 없다. 그런가 하면 "안간힘 써/암벽의 틈을 헤집고 뻗어 올린 그 연약한/꽃대 하나,/이 아침/활짝 꽃잎을 터트"리니 벽인 것도 사실이다. 길로도 존재하고 벽으로도 존재하는 이 축대는 긍정적인 존재인가, 부정적인 존재인가. 모든 존재가 지니고 있는 양가성을 깨닫고 있는 것이 이 시이다. ⓐ

# 문탠(moontan)*

오 은


언제나 동그란 것이 지고
이따금 동그란 것이 떴다

취한 사람들의 울음이
그을음이 되고 있었다 떼를 지어
구름이 몰려오고 있었다

나도 뜬구름이 되어 구르기 시작한다

우리는 밤의 사람
밤에 일어나 꿈꾸는 사람
밤에 뒷감당을 하는 사람
밤에 뜨거워져서
사달을 내야 하는 사람이다

기다리는 사람이다
서성이는 사람이다
잠자코 머물지 못하는 사람이다

머리를 굴리다
감정에 그을리는 사람이다

마음을 공글리며

태연하게 농담을 던지는 사람이다

뜬구름 위로
다달이 달이 떠올랐다
꺼이꺼이 기꺼이

몽롱으로 기울어진다


* 햇볕에 몸을 태우는 선탠(suntan)과 달리, 달빛을 한껏 받으며 어슬렁어슬렁 산
  책하는 일.


(작가와 사회, 가을호)

"문탠"은 선탠과 짝을 이루는 신조어이다. 문탠의 유행은 밤늦게까지 깨어 있는 올빼미족이 늘어난 것과 관련이 깊다. 문탠의 분위기는 선탠과는 사뭇 다르다. 조용히 누워 햇빛을 받는 선탠과 달리 꽤나 시끌벅적하다. 이따금 뜨는 동그란 달에 취해 흥분한 사람들이 울거나 몰려다닌다. 피부를 그을리는 햇빛과 달리 달빛에 그을리는 것은 감정이다. 달빛에 젖어 들뜬 마음이 불안하게 서성이거나 허황되게 굴러다닌다. 고즈넉한 '달맞이'와는 다르게 문탠은 한결 역동적이다. 감정과 행동의 격렬한 동요가 있다. 이 시에서는 문탠의 역동적인 느낌을 재미난 말놀이로 표출해 보인다. "언제나 동그란 것이 지고/이따금 동그란 것이 떴다"에서 대구를 이룬 말들의 재미, "울음", "그을음", "구름", "뜬구름"에 나타나는 유사음의 변주, "다달이 달이 떠올랐다/꺼이꺼이 기꺼이"에 나타나는 두운의 반복 같은 것이 자연스럽게 리듬을 형성하며 문탠의 들뜬 분위기와 어울린다. 선탠이 피부 미용에 좋다면 문탠은 감정 미용에 좋을 것이다. (c)

# 통나무를 대신하여

오정국

나는 진흙바닥을 뒹굴었던 사람
나무귀신의 그믐밤을 빠져나온 사람
여긴 발목 없는 유령들이 떠다니는 골목이니


저 통나무를 대신하여


나는 천둥 번개를 맞으며 벌판을 걷는 사람
천둥소리를 지붕처럼 머리에 얹고
머리카락을 활활 불태우는 사람


여긴 유령들의 입김만 희뿌연 골목이니
나는 소나기처럼 쌍욕을 퍼붓는 사람
무작정 당신들께 대드는 사람


저 통나무를 대신하여


나는 가드를 내린 복서처럼
자 때려 봐 때려 봐, 라고 울부짖는 사람


저 통나무를 대신하여


귀를 막고 입을 봉하고
손가락을 세워 눈구멍을 찌르고

불구덩이에 내 몸을 파묻고 싶은 사람

눈 내리는 아침의 가로수로 일어서고 싶은 사람

(현대시학, 10월호)

**자신에** 대한 자신의 생각, 나에 대한 나의 생각을 자아개념이라고 한다. 시인은 자신을 두고 "나는 진흙바닥을 뒹굴었던 사람/나무귀신의 그믐밤을 빠져나온 사람"이라는 자아개념을 갖는다. 뿐만이 아니라 그는 자신을 "천둥 번개를 맞으며 벌판을 걷는 사람/천둥소리를 지붕처럼 머리에 얹고/머리카락을 활활 불태우는 사람"으로 받아들인다. 이런 일은 사람이 할 일이 아니다. 통나무나 할 일이다. 그래서 그는 "통나무를 대신하여" 자신이 이런 일을 한다고 생각한다. 물론 이런 발상 속에는 자신이 통나무만도 못하다는 상념이 들어 있다. 그는 지금 "발목 없는 유령들이 떠다니는 골목", "유령들의 입김만 희뿌연 골목"에서 살고 있는 것이다. 무엇이 그를 이처럼 처참한 곳으로 임하게 했을까. 마침내 그는 자신의 자아개념을 좀 더 낮은 곳으로 이끈다. "나는 소낙비처럼 쌍욕을 퍼붓는 사람", "무작정 당신들께 대드는 사람", "가드를 내린 복서처럼/자 때려 봐 때려 봐, 라고 울부짖는 사람"이라고 설정한다. 그러나 그는 자신의 자아를 끝내 이들 저항적 존재로 있도록 하지는 못한다. 슬프게도 그는 자신을 "귀를 막고 입을 봉하고/손가락을 세워 눈구멍을 찌르고/불구덩이에" "몸을 파묻고 싶은 사람"으로 이해한다. 그렇다고는 하더라도 그는 "눈 내리는 아침의 가로수로 일어서고 싶은" 꿈까지 포기하지 않는다. (a)

# 삼겹살을 뒤집는다는 것은

원구식

오늘밤도 혁명이 불가능하기에
우리는 삼삼오오 모여 삼겹살을 뒤집는다.
돼지기름이 튀고,
김치가 익어가고
소주가 한 순배 돌면
불콰한 얼굴들이 돼지처럼 꿰액 꿰액 울분을 토한다.

삼겹살의 맛은 희한하게도 뒤집는 데 있다.
정반합이 삼겹으로 쌓인 모순의 고기를
젓가락으로 뒤집는 순간
쾌락은 어느새 머리로 가 사상이 되고
열정은 가슴으로 가 젖이 되며
비애는 배로 가 울분이 되는 것이다.

그러니까, 삼겹살을 뒤집는다는 것은
세상을 뒤집는다는 것이다.
모든 것이 살아 움직이는 이 불판 위에서
정지된 것은 아무것도 없다. 너무나 많은 양의
이물질을 흡수한 이 고기는 불의 변형*이다!

경고하건대 부디 조심하여라.
혁명의 속살과도 같은 이 고기를 뒤집는 순간
우리는 어느새 입안 가득히

불의 성질을 가진 입자들의 흐름을 맛보게 되는 것이다.*
세상이 훼까닥 뒤집혀 버리는
도취의 순간을 맛보게 되는 것이다.


* 바슐라르, 『불의 정신분석』 참조.

(시인세계, 여름호)

"혁명이 불가능"한 시대에 "삼삼오오 모여 삼겹살을 뒤집는" 모습은 즐겁기보다 서글프다. 그래도 "삼겹살"을 뒤집는 것이 "불의 성질을 가진 입자들의 흐름을 맛보"는 것이기에 의미가 크다. 또한 "정반합이 삼겹으로 쌓인 모순의 고기"를 뒤집는 일이기에 동참할 만하다. 정반합(正反合)은 헤겔 본인이 사용한 적은 없으나 그의 변증법을 해설하며 붙여진 논리의 전개 방식이다. 정(These)과 그것에 반대되는 반(Antithese)이 갈등을 통해 보다 새로운 합(Synthese)에 이르고, 이 합(진테제)은 다시 정(테제)이 되고 반(안티테제)을 만나 또다시 합(진테제)에 이른다는 것이다. 이와 같은 반복으로 나아가면 보다 진리에 가까워진다는 것이다. 그러므로 "정반합"에는 "정지된 것은 아무것도 없다". 역사 발전이 내재되어 있는 것이다. 그리하여 "삼겹살을 뒤집는" 일은 "세상을 뒤집는" "혁명"이 될 수 있다. (d)

# 돌

유병록

수천 미터 높이에서 굴러 내린다

돌의 무게가 돌을 굴린다 웅크린 돌, 고통받기 싫은 돌, 비명을 지르
는 돌…… 앞으로 구르는 법밖에 모르는 돌

더러워진다
진창에서도 꽃밭에서도 구른다 앞서 가던 돌이 끝내 어딘가에 닿지
못하고 사라진 비탈에서도 구른다

부서질수록 구(球)에 가까워진다 필요한 만큼 작아지면
눈이 된다

상처 많은 돌은 지독한 근시(近視)니까 구르는 만큼만 보인다 굴러온
만큼이 시계(視界)다

흰 산은 등 뒤로 멀어지는 중이지만

돌은 구른다
눈썹이 없는 돌, 눈꺼풀이 없는 돌…… 눈 감지 않고 구른다

가도 가도 기울어진 세계에서
더듬더듬 온몸으로

(시작, 봄호)

**돌은** 높은 곳에서 낮은 곳으로 제 무게로 굴러 내려온다. 웅크린 채 고통받기 싫어 비명을 지르기도 하지만 "앞으로 구르는 법밖에 모르"고 진창이나 꽃밭을 가리지 않고 구른다. 그러다가 앞에서 굴러가던 돌이 "사라진 비탈"에서도 구르다 더러워지기도 하지만 "부서질수록 구에 가까워진다"는 것을 알고 더욱 작아져 "눈"이 된다. 그런데 구르다 받은 상처가 많아 "근시(近視)"라서 볼 수 있는 시계(視界)는 굴러온 만큼일 뿐이다. 이처럼 시인은 돌을 의인화하여 고통과 위험을 무릅쓰고 미지의 세계를 향해 부단히 나아가는 인간이 자신이 겪은 고통스런 체험만큼 혜안이 열린다는 것을 역설적으로 보여준다. 특히 "가도 가도 기울어진 세계"를 만날 수밖에 없으나 "눈 감지 않고" 온몸으로 굴러가는 돌을 통하여 늘 깨어 있는 정신으로 미래를 열어가야 한다는 것을 넌지시 일러주고 있다. (b)

# 희망

유안진

된장국이 시원하다고들 감탄한다
발효(醱酵)가 잘 되어서라고 한다
잘 썩어서라고 한다
잘 썩는 게 잘 발효되는 거라고 하여
썩는다는 말에 한참 동안 전율했다

산다는 건 썩는다는 것
어떻게 썩어야 발효가 되는지
고추장, 된장, 청국장이 되는지
술이, 식초가, 효소가 되는지

박살난 유리조각, 찌그러진 깡통
시궁창, 진흙탕, 개펄에서라도
잘만 썩으면……,
어떻게 썩는 게 잘 썩는 건지
몰라도, 그저 희망 같다.

(불교문예, 겨울호)

성경에는 "한 알의 밀이 땅에 떨어져 잘 썩어야 많은 열매를 맺는다"(요한복음 12장 24절)는 뜻의 말이 들어 있다. 이 시는 성경의 바로 이 구절, 곧 요한복음 12장 24절에서 비롯된 상상력을 담고 있다. 하지만 겉으로는 "시원하다고들 감탄"하는 "된장국"으로부터 시를 시작한다. 시인이 알고 있기에 "된장국이 시원하다고들 감탄"하는 까닭은 "발효(醱酵)가 잘 되어서"이기 때문이다. 물론 "발효(醱酵)가 잘 되어서"라는 말은 "잘 썩어서"라는 뜻을 갖고 있다. 시인은 "잘 썩는 게 잘 발효되는 거라고 하여" "썩는다는 말에 한참 동안 전율"한다. 이어지는 구절에서 시인이 "산다는 건 썩는다는 것"이라고 강조하는 것은 바로 그런 이유에서이다. 동시에 시인은 "어떻게 썩어야 발효가 되는지", "술이, 식초가, 효소가 되는지"에 대해 고민한다. "박살난 유리조각, 찌그러진 깡통"도 "시궁창, 진흙탕, 개펄에서" "잘만 썩으면" 많은 열매를 맺는가. "어떻게 썩는 게 잘 썩는 건지" 쉽게 판단하기 어렵다. "어떻게 썩는 게 잘 썩는 건지"는 몰라도 잘 썩는 것이 희망인 것은 사실이다. 희망이 있어야 많은 열매를 맺으려 할 것 아닌가. 많은 열매를 맺으려면 밀알의 의지도 중요하지만 밀알이 잘 썩을 수 있는 조건이며 환경도 중요하다. (a)

# 먼 여행에 대한 기억

유현서

늘어진 호접몽을 꾼다
기둥 몇 개로 버티고 있는 소금창고 그늘 아래다

이쯤에서
산책을 하던 장자도 발길을 멈추었을 것이다

나비가 꾼 꿈이었나
물속의 기둥이 소금창고를 무너뜨린다
나비를 지탱해 주던 고무래가 아지랑이처럼 흔들린다

들고나던 바람이 햇빛을 키질하고
나비의 꿈속에서 꽃소금이 쏟아진다

가파른 갈증
나비와 나는 여행 한번 한 적 없다
벌떡 일어난 나비가 꿈속을 뒤흔들어 놓는다

나비도
당신과 내가 하나라고 생각했을까
녹슨 양철지붕 아래 퉁퉁 마디들 붉어지고

등 굽은 염부가 바닷물을 끌어올린다
나비 한 마리가 소금 꽃에 앉았다

(시와 표현, 봄호)

화자는 잠시 일손을 놓고 잠시 "소금창고 그늘 아래"서 호접몽을 꾼다. 꿈에서 물속에 박힌 기둥이 쓰러지며 소금창고가 무너지고 "나비를 지탱해 주던 고무래가 아지랑이처럼 흔들린다. 여태껏 "여행 한번 한 적도 없"이 염전을 지켜온 화자와 나비가 그런 악몽을 꾸는 까닭은 무엇일까. 평생을 운명처럼 몸 바쳐 해오던 고단한 염전 일에서 벗어나고 싶은 무의식적 바람 때문이었는지도 모른다. 그러나 그 순간 꿈길을 따라 먼 여행을 마치고 "벌떡 일어난 나비가 꿈속을 뒤흔들어 놓는다." 소금 창고의 "녹슨 양철지붕"을 떠받치던 기둥의 마디들이 늘 소금을 빚고 거두느라 퉁퉁 부은 뼈마디처럼 "붉어지고" 있다. 화자는 "등 굽은 염부가" 되어 다시 수차를 돌리며 염전으로 "바닷물을 끌어올린다". 힘들지만 세상에 썩지 않는 하얀 소금을 공급해주기 위해 기꺼이 감당해야 할 것이라며 더욱 힘껏 수차를 돌린다. 시야에 "소금 꽃"이 피고 그위에 자신의 꿈을 아는 듯 나비가 앉아 있다. (b)

# 북천
## — 이발사

유홍준

북천 이발사는
하나뿐이야
북천 이발사는 수전증,
죽은 돼지 털을 뽑는 거나 산 사람의 털을 자르는 거나 그게 그거야
죽든지 말든지 북천 사람들
북천 이발관 의자에 앉아 부스스한 머리통을 내맡기고 있네
덜덜덜 덜덜덜 북천 이발사
가위 든 손가락이 떨리네 면도칼 든 손목이 떨리네
나는 몰라 나는 몰라 꾀죄죄한
북천 국도변
일렬로 심어놓은 맨드라미꽃 참 오래도 가네
북천 이발소 앞 삼색 표시등 참 잘도 돌아가네

맨드라미야 맨드라미야 너는 왜 가래침 뱉는 담벼락 밑에 피었노

(문학동네, 여름호)

'불나방' 스타 소세지 클럽'의 노래 〈이발사 다니엘〉에는 이발을 하다 손님의 귀를 잘라놓고 "미안해 너의 귀를 자른 건 단지 걸리적거리기 때문이었어." "대신 이발비는 내지 않아도 좋아."라고 하는 엽기적인 이발사가 등장한다. 이발사의 날카로운 칼끝에 무방비로 목을 내맡겨야 하는 면도의 자세는 사실상 늘 아슬아슬한 느낌을 유발한다. 더구나 이발사의 솜씨가 신통치 않을 경우 불안감은 한층 고조되기 마련이다.

북천 이발사는 한술 더 떠 수전증이 있다. "죽은 돼지 털을 뽑는 거나 산 사람의 털을 자르는 거나 그게 그거야" 하는 북천 이발사 역시 엽기적인 이발사 계보에서 빼놓기 힘들 듯하다. 단지 하나뿐이라는 이유만으로 북천 이발사는 궁벽한 시골 마을에서 특수를 누린다. "일렬로 심어 놓은 맨드라미꽃"과 "북천 이발소 앞 삼색 표시등"의 어울림은 절묘하다. 버려진 듯하면서도 건재한 시골 국도변의 낡은 풍경이 독특한 인상으로 자리잡는다. (c)

# 장화 신은 고양이
## — K시인의 시

이 경

그의 골목은 길고 깊고 구불구불하다
이 노회한 길은 안으로 깊이 들어가도 바깥에 닿고
바깥으로 멀리 돌아도 안에 들어가 꽂힌다
흥청망청 취한 말들이 아무렇게나 쌓이는 뒷골목
악취가 넘쳐나는 쓰레기통을 뒤집고 다니면서
생선뼈를 가지런히 발라놓거나
취객의 토사물을 태연히 분리수거하면서도
검은 장화 속에 하얀 발목을 숨기고 있다
개도 짖지 않는 아이의 걸음으로
신을 짓는 늙은 갖바치의 손놀림으로
골목의 공포를 용케도 빠져나가고 있다
달려서 도망치고 싶은 그곳을 그렇게 가고 있다
소름이 머리 위로 죽순처럼 솟아올라도
길고 깊고 구불구불한 골목에서 길을 잃지 않는 건
어린 아이가 꺾었음직한 나뭇가지 같은 걸로
땅바닥에 긋고 가는 화살표 덕분이다
그는 골목 이전이나 이후에서 온 아이이거나
혹 노인일 것이다

(시와 정신, 봄호)

**부제** 'K시인의 시'를 고려한다면 "골목"은 시인이 독자적으로 개척한 시적 문법, 즉 언어의 길이다. 그 길이 "길고 깊고 구불구불"한 것을 보면 "고양이"가 대신하는 시인이 그리는 상상의 세계는 현실로부터 멀리 떨어진 곳이요 깊은 사유로 건설해놓은 곳으로서 미로를 지나야 갈 수 있다. 그 미로는 안과 바깥, 즉 상상의 세계와 현실을 이어줄 수 있는 통로가 되는데 시의 일차적 소재인 언어로 열어놓은 것이다. 그런데 "고양이"는 "흥청망청 취한 말"이 쌓인 뒷골목에서 "쓰레기통"을 뒤집어 "생선뼈를 가지런히 발라놓" 듯 진부해진 일상어 속에 숨은 진실을 찾는다. "검은 장화 속에 하얀 발목을 숨기고" 있는 고양이, 즉 시인은 겉으로 보기에는 불온한 것 같으나 순결한 영혼을 가지고 있을 것이다. 또한 "갇바치"처럼 예민하고 섬세한 솜씨로 언어를 정교하게 다듬어 "골목의 공포를 용케도 빠져나가" 시 세계에 이른다. 뿐만 아니라 노인처럼 노련하고 아이처럼 순수한 그 시인은 땅바닥에 "화살표"를 긋고 가며 독자들을 새로운 상상의 세계로 안내한다. (b)

# 그 많던 칼이 다 어디로 갔나

이근화

그 많던 칼이 다 어디로 갔나
발이 달려 도망갔나
뜨거운 입술 어디 숨겼나

뜯어볼 수 없는 너의 얼굴
알 수 없는 너의 마음
시원치 않은 네 팔다리들

씹어 먹고 싶다는 말
그건 욕이었는데
정말 그걸 씹을 수나 있을지
마음을 버리고
얼마나 오래 버틸 수 있을지

정말 오래 서 있었다
이건 기다림이 아니라 물기둥이다
오기로 솟아오르는 분수
죽음을 흉내 낼 수 있을까

칼이 없고
가위가 있고
송곳이 없고
피가 있고

큰입 벼랑 아래
먼저 떨어진 건 마음이었을까
그 다음이 발이고
꽁꽁 묶어두었던 것은

헐벗은 창 밖의 나무들
나뭇잎을 몇 개 붙이고
죽어도 죽을 수가 없는
피로한 얼굴로

가을 햇살을 쪼갠다

(문학의식, 겨울호)

**이 시에는** 격렬한 드라마가 내재해 있지만 그것이 단지 몇몇 장면들만으로 언뜻언뜻 나타난다. "칼"과 "뜨거운 입술"의 연결은 비장하면서도 관능적이다. 칼의 뜨거운 입술을 두고 두 마음은 벼랑 끝까지 치닫는다. 한쪽은 얼굴조차 보기 힘들고 마음은 더더욱 알 수 없다. 다른 한쪽의 기다림은 일방적이다. "씹어 먹고 싶다"는 거친 욕망은 오랜 기다림 끝에 오기로 변한다. 오기의 끝은 죽음이어서 극단으로 치닫던 마음과 발이 모두 떨어져 내린다. 담담한 이미지 묘사로 일관하지만 한바탕 심란한 치정극을 본 듯 피로감이 몰려온다. 극한을 향해 갈 때 일어나는 온갖 혹독한 마음의 격랑이 휩쓸고 지나간다. 막연한 기다림은 얼마나 가혹한 것인가. 때로는 오기가 기다림보다 더 강력하다. "오기로 솟아오르는 분수"처럼. 한자리에서 늘 기다림의 자세로 서 있는 나무는 어떨까? 나무에게도 그것은 쉽지 않은 듯하다. 헐벗은 몸으로 서 있는 나무는 "죽어도 죽을 수가 없는/피로한 얼굴"로 보인다. 나무도 어느새 마음에 칼을 품게 된 것일까. 가을 나무는 햇살을 '쪼개며' 오기로 버티고 서 있다. (c)

# 하늘로 가는 우체통

이금주


잠들지 못하는 별들의 눈빛이 서성이는 곳으로
달빛 한 줄기 내려와 좁은 길을 낸다
새살 돋지 못한 덧난 상처들
앞다투며
외줄 타듯 올라선다
바람은 짓무른 속을 한 바퀴 돌아
마음 졸이며 기다리고 있는 설렘의 페달을 밟는다

한껏 부푼 사연들
막아서는 난기류에
곡예하듯 이리저리 몸을 접으며
빛의 발원지를 향해 두 손을 모은다

에돌아가더라도
끊을 수 없는 질긴 정에 묶여
서로의 안부를 전하고 싶은
여울지는 눈망울에 돌을새김 된 천상의 무늬

후줄근해진 몸으로도
소식을 기다리는 그들에게 날아갈 수 있는 것은
매장의 풍습이 있었던 호모사피엔스 영혼들이
별로 보내졌던 그때부터
깜빡깜빡 눈짓하며
계절마다 제 위치를 무수히 알렸기 때문이다


(애지, 봄호)

"하늘로 가는 우체통"에 들어 있는 "사연들"이 "막아서는 난기류에/곡예하듯 이리저리 몸을 접으며/빛의 발원지를 향해 두 손을 모"으는 모습에 눈물이 난다. "서로의 안부를 전하고 싶"어 하는 그리움이 감동을 주는 것이다. "새살 돋지 못한 덧난 상처"를 안은 사람들이 천상에 있는 인연들을 그리워하기에 더욱 그러하다. 인연을 소중히 여기는 사람들이 이 세상을 만든다. "잠들지 못하는 별들의 눈빛이 서성이는 곳"은 천상만이 아니라 지상이기도 하므로 그리움의 편지를 쓰는 사람들에 의해 세상은 아름다워지는 것이다. "하늘로 가는 우체통"은 국립 대전현충원에 실제로 마련되어 있다. 유족들이 나라를 위해 목숨을 바친 가족에게 그리움을 전한 편지들이 묘비 앞에서 빗물에 젖는 것을 안타깝게 여기고 마련했는데, 큰 호응을 얻고 있다. 그만큼 이 세상에는 그리운 사람들이 많은 것이다. (d)

# 추석 이후

이동재

자식들이 농촌봉사활동 차원에서
긴급하게 잠시 다녀간 후
집안은 더 적막하고
마을은 좀 더 여위었다
손자손녀의 위문공연도
증손자들의 재롱잔치도 그때뿐
밤공기는 더 차가워졌고
집안에 불을 켜지 않는 시간은 더 늘었다
자식들의 허세와 호언으로도
몰락을 지연시킬 순 없었다
필드에 밀린 저 푸른 초원 위에
다 쓰러져가는 집과 몸뚱아리
말 못하는 벙어리와
미친 자식만 남아 빙빙 도는 고향
빈병과 쓰레기만 쌓이고
어두워지는 저녁
길은 서울로 붐비고
다시 텅 빈 마을길

(딩아돌하, 가을호)

175

이제는 고향 마을과 부모님 방문이 연중행사처럼 이루어지는 일을 두고 "농촌봉사활동"이나 "위문공연"에 빗대는 것은 지나친 자조일까? 농활이나 위문공연이 한바탕 끝난 뒷자리가 더 허전하듯이 자식들과 손주들이 돌아간 뒤 집안은 더욱 적요하다. "저 푸른 초원 위에 그림 같은 집을 짓고~" 하는 낭만은 사라진 지 오래다. 그곳에는 이제 "다 쓰러져가는 집과 몸뚱아리", 그리고 성치 못한 자식들만이 남아 있다. 잘난 자식들은 허세와 호언 그리고 빈병과 쓰레기만을 남기고 다시 서울로 횡하니 떠나버렸다. 무너져가는 고향의 모습을 적나라하게 재현하고 있는 시이다. 1970년대 「농무」에서는 못난 놈들끼리 마을 한복판으로 모여들어 시름을 달래는 춤사위라도 함께했다면 이 시에는 "텅 빈 마을 길"만이 남겨진다. 농촌의 해체가 돌이킬 수 없이 진행되었음을 보여주는 쓸쓸한 풍경이다. ⒞ "

# 집

이문재

손님이 오지 않는 집은
천사도 오지 않는다
이슬람 속담이다

천사 같은 손님
손님 같은 천사

문이란 문 다 열어놓아도
지붕까지 뜯어버려도
두 손 모아 중얼거려도
애간장이 다 타들어가도
오지 않았다

별빛 이우는
신새벽에 알았다

나는 집이 없었다
너도 없었다
우리는 집이 없었다

*

천사가 오지 않는 집은
손님도 오지 않는다
먼 사막의 경구이다

손님 같은 천사
천사 같은 손님
아무리 기다려도 오지 않았다

오늘 아침
지하철역에서 알았다
급하게 스마트폰 충전지를
갈아 끼우며 알았다
자정 넘어
편의점을 나오며 알았다

우리는 집이 아니었다
내가 집이 아니어서
너는 천사가 못 되었고
네가 집이 아니어서
나는 손님이 못 되었다

(현대시학, 6월호)

손님에 대한 대접은 인심의 척도이다. 그런데 언제부턴가 남의 집을 오가는 일이 드물어지고 있다. 손님은 서로에게 부담스러운 존재가 된 지 오래다. 손님이 오지 않는 집은 천사도 오지 않는다는 이슬람 속담 식으로 보자면 요즘 세상에서 천사가 머무는 축복받은 집은 찾아보기 힘들다. 이 시의 화자는 문이란 문은 다 열어놓고 간절히 기다려보지만 손님은 오지 않는다. 내가 손님을 맞고 싶어 한다 해도 아무도 찾지 않는다면 손님이 없을 수밖에 없다. 모두가 손님을 부담스러워 하는 상태에서는 왕래가 단절되는 것이 당연하다. 이런 시대 분위기는 결국 우리에게 진정한 집이 없기 때문이다. 서로 가장 내밀한 공간을 열어 맞아들일 수 있는 마음의 여유가 사라진 세상에는 천사가 깃들기 어렵다. 요즘의 집들은 주인에게조차 잠시 자러 들어가는 공간에 불과한 경우가 많다. 온기를 잃고 손님을 잃어가는 집에 천사는 그림자조차 드리우지 않는다. (c)

# 한 세상

이사라

세상 어디에도 그림자를 만들지 않는 새가
떼를 이루어 칼날처럼 지나간다
하늘이 한순간 베인다

잠시 후 베인 흔적이 서로를 껴안고 아무는 동안
땅에서는 기차가 다리 위를 지나간다

선로 따라 침목의 침묵도 지나
강물 속으로 무거운 굉음을 내려놓는다
굉음이 어느덧 세상에서 사라진다

우리도 이렇게 흔적을 지우고 사는 동안

그래도 날마다 바람이 불고
어느 왕조는 무너지고
어느 마을의 사람은 한순간 지진으로
터전을 잃고 흙으로 돌아간다

베일 쓴 여인처럼 역사는 날마다 신비한데

내가 뒤돌아보는 길에 만나는 것들은
어느새 어디를 다녀온 것일까

(본질과 현상, 가을호)

'호랑이는 죽어서 가죽을 남긴다'는 말이 있는데 사람의 발자취는 세월의 물결에 지워지고 마는 것일까. "그림자를 만들지 않"으며 칼날처럼 날아가는 새에게 '하늘이 베인 흔적'은 잠시 후에 아물어버리고 만다. 그리고 선로를 따라 달리는 기차가 "침묵의 침묵도 지나"며 강물 속으로 내려놓는 굉음도 세상에서 사라지고 만다. 그렇게 새나 기차처럼 사람이 자신이 남긴 "흔적을 지우고 사는 동안"에도 사람의 한계를 비웃듯 "날마다 바람이 불고" 있다. 그리하여 천하를 굽어보던 왕조의 궁궐이나 한순간 지진으로 사람들이 매몰된 터 위에 흙먼지만 날린다. "베일 쓴 여인처럼 역사는 날마다 신비한데" 사관은 무엇을 어디에 기록해야 하는가. 지나온 길을 뒤돌아보면 사라진 것들이 다시 되돌아와 그 자리에 머물러 있다. 새가 베이고 간 하늘에 핏빛 노을이 타고 무심코 밟고 지나쳐온 "침묵의 침묵"이 내려놓은 "굉음"이 강물에 붉게 물들어 있으니 달리다가 가끔씩 멈춰 서서 뒤돌아볼 일이다. (b)

# 당신에 관한 명상

이상옥

　야성이 강한 진돗개를 분양 받았습니다 원더풀의 원더, 특별한 이름을 지었습니다 들길, 산길 원더랑 산책하고 싶어서요 사 개월 정도 된 녀석이라 곧바로 할 수 있을 것 같았는데요 목을 매면 주저앉아 꼼짝하지 않아요 줄을 당기면 질질 끌려옵니다 드러누워 뻗댑니다 맛있는 걸 주고 몸을 쓰다듬어주고 목욕시키고, 마음을 주고 또 주고 벌써 단풍이 집니다

　하늘이시여, 벌써 오십일곱 해 가을입니다

(유심, 11월호)

**화자는** 분양 받은 "야성이 강한 진돗개"를 키우며 "당신에 관한 명상"에 잠긴다. "원더풀의 원더"라는 특별한 이름 탓일까. 사 개월이 지난 녀석을 데리고 산이나 들길로 산책을 나서면 주인의 뜻을 거역하고 애를 먹이기 일쑤였다. 무슨 까닭인지 산책을 나서기 위해 줄로 목을 매면 주저앉고 줄을 당기면 겨우 끌려오거나 드러누워 뻗대는 것이었다. 화자는 진돗개에게서 모세의 인도에 따라 애굽의 종살이에서 풀려나 가나안으로 가던 중에 광야에서 40년을 헤매던 이스라엘 민족의 과거를 떠올리기라도 했을까. 녀석은 광야를 가다가 작은 고난을 당하면 차라리 애굽의 종살이 시절로 되돌아가고 싶어 하던 이스라엘 민족처럼 옛 주인의 손길이 그리워 새로 주인이 된 화자에게 애를 먹였는지도 모른다. 그런 녀석에게 화자는 갖가지 애정을 베풀고 마음을 주다가 문득 인생의 가을을 맞아 단풍처럼 물들어가는 자신을 발견한다. 그리고 "하늘이시여" 부르며 우주적 시간을 운행하는 하늘의 섭리를 깨닫고 그것을 거역하던 자신을 발견한다. (b)

# 딸

이선영

내가 쓰는
한 발짝 삐딱한 詩

내가 쓰는
법도 없고 철도 없는 고집불통 詩

내가 쓰는
작법도 모르고 요령도 모르는 제멋대로 詩

내가 쓰는
한 줄 띄워놓자 쪼르르 줄행랑을 놓는 詩

글자로 쓸 때보다 더
획은 가로지르고 칸은 첩첩하고 행간은 벌어지는 詩

내가 난생 처음 종이로가 아닌
몸으로 낳은 詩

글씨는 내 글씨로되
오려두기 하거나 잘라내거나 붙이기 할 수 없는 詩

내가 살아보지 못한,
그리고 살아주지 못할 나의 詩

(시선, 겨울호)

"시"는 뼈가 부서지는 듯한 산고를 겪으며 낳은 "딸"과 다름이 없다. 그러한 시는 고정관념을 갖고 보면 "한 발짝 삐딱한" 딸의 보법처럼 보일지도 모르지만 일상적 문법을 벗어나 새로운 문법으로 상상의 세계를 보여준다. 그래서 시는 "법도 없고 철도 없는 고집불통"인 어린 딸처럼 "제멋대로" 구축되지만 독자적인 미학을 내포하고 깊은 감동을 준다. 시를 쓸 때는 일정한 "작법"이나 "요령"에 구속되지 말고 첩첩으로 이어져 있는 논리와 규칙의 "칸"을 가로지르며 행간을 벌려 넓고 깊은 여백을 마련해놓아야 한다. 시는 "난생 처음" 고통을 감당하며 "몸으로 낳은" 첫딸처럼 신선함과 한 자도 오리거나 잘라낼 수 없이 완결된 생명이 깃들어 있다. 그 시적인 세계는 현실에서 "살아보지"도 "살아주지"도 못하지만 인간이 지향해야 할 꿈의 나라를 보여준다. (b)

# 다락방

이수익

혼자만의 공기를 쉼 없이 들이킬 수
있는, 마디마디 뼛속을 깨끗하게 비울 수
있는, 타인들을 멀리하고 오로지 자신만을 정면으로 바라볼 수
있는

바로 그런 곳
그런 자리
그런 분위기
속으로

나를 눕히고 싶어.
아무도 쉽게 문을 열어주지 않는
텅 빈 고요만이 물결치는 숨겨진 조그만 방,
그 다락방의 은밀한 초대에
가득히 누워

온전하게 나는
새로워지고 싶어.
떠오르는 비행기처럼 나는 훨훨 날아갈 거야,
그리고 다시는 돌아오지 않을 거야, 행복한 사탕을 오래오래
빨면서, 머나먼 우주의 끝을 따라 날 거야.

다락방, 언제라도 나를

눕히고 싶은
환상의 그곳.

(현대시학, 6월호)

**여러 가지** 규칙을 따르며 자신과 다른 욕망을 가진 이웃들과 더불어 살아야 하는 게 인간의 삶이다. 그러다 보면 "혼자만의 공기"를 들이키며 뼛속까지 스며들어 있는 타자의 욕망을 비워내고 진정한 욕망의 주체가 되고 싶을 때가 있을 것이다. 그런데 외부와 차단되고 높이에 있는 다락방은 일상생활을 하는 중에 소외되어 있던 "자신만을 정면으로 바라볼 수 있는" 공간이다. 그곳은 또한 일상이 주는 억압으로부터 벗어나 참된 '나'로 새롭게 태어나 "우주의 끝을 따라 날"며 자유를 누릴 수 있는 곳이다. 화자가 그 다락방으로 들어가 돌아오지 않고 "행복한 사탕을 오래오래/빨"고 싶다는 것은 그만큼 현실이 주는 억압이 크다는 것을 암시한다. 그런데 그곳은 자신의 외부에 있는 게 아니라 무의식의 가장 깊이에 있는 "환상의 그곳"이다. (b)

# 보름달을 위한 소묘

이순주

어둠이 촘촘한 동네 목욕탕에서
불린 때 툭툭 바닥으로 떨어지는 걸 바라보며
때를 밀고 있었는데요
달무리 같은 수증기 자욱했는데요
갑자기 내 앞으로 커다란 엉덩이 둥실, 떠오르는 것이었어요

엉덩이가 흔들리기 시작하자
나는 가위 눌려
스모 경기를 본 듯 헛구역질이 잠시 일었는데요
엉덩이에 가려 앞이 안 보였어요
엉덩이는 무슨 생각을 했는지
한 판 벌일 듯 씨름 자세를 취하는 것이었어요

아파아파 살살해라 고만,
엉덩이 안쪽에서 말소리가 새어 나왔는데요
이제 고만 해라, 엄살로 바뀌었는데요
가만 계셔 엄니 저녁 아직 멀었어요,
엉덩이의 답변이 들려오는 것이었어요

살집 많은 엉덩이 사이로 거푸집 하나 보였는데요
삭아 빠진 지붕의 서까래며
아귀가 맞지 않는 창문도 보였는데요
나는 그만 엉덩이에 질식할 뻔했는데요

차츰 창문 밖 달무리 걷히고
달빛이 환해지는 것이었어요

(시와 미학, 여름호)

뤼스 이리가라이(Luce Irigaray)는 여성의 족보를 중시했다. 진정한 여성의 족보를 만들기 위해서는 부자관계에 종속되지 않는 모녀관계의 실현이 필요하다고 역설한 것이다. 이리가라이는 『나, 너, 우리』에서 그 구체적인 실천 방안을 제시했는데, 가령 집안과 공공장소에서 모녀가 함께하는 모습을 전시하거나, 여성으로서 교환할 수 있는 대상들을 발견하는 것 등이다. 이와 같은 차원에서 "목욕탕"에서 어머니와 딸이 함께하는 장면은 주목된다. "아파 아파 살살해라 고만", "가만 계셔 엄니 저녁 아직 멀었어요" 등의 대화를 나누며 때를 미는 행동은 여성들이 연대하는 모습으로 볼 수 있다. 여성으로서의 정체성을 확립하고 남성 중심의 가부장제에서 벗어나는 것이다. (d)

# 사라지지 않는 빛
— 교통사고로 시력을 잃은 후배 정상현에게

이승하

영화 〈포세이돈 어드벤처〉 거의 마지막 장면에 이르러
빛을 보았지 뒤집어진 배 밑바닥 틈새를 통해
희미하게 들어오는 빛, 생명의 빛
이제 살 수 있게 되었다는 희망의 빛
빛의 세계에서 너는 사라졌다

대구교도소 0.94평 비좁은 독방에서 기도하는 사형수는
누구를 위하여, 무엇을 바라 기도하고 있을까
사라지지 않는 빛*
저 빛을 좀 차단해달라고 기도하고 있지는 않은가
어둠 속으로 몸 숨기고 싶을 때에도 사라지지 않는 빛

빛 속으로 나아가고 싶지 않을 때
차라리 영원한 암흑 속으로 몸 던지고 싶을 때에도 빛은
내 양심을 깨우기 위해 비쳐든다 희미하게
때로는 눈부시게―빛,
빛을 잃고도 살아가는 상현아!


* 교도소에서 수감자들이 있는 곳에는 24시간 보안등을 켜놓는다. 캄캄한 곳에
  있으면 자살을 기도할 수도 있고 또 다른 범죄를 저지를 수도 있기 때문에.

(시와 문화, 봄호)

빛은 양면성이 있어서 생명과 희망을 주기도 하고 두려움을 느끼게도 하는가 보다. "영화 〈포세이돈 어드벤처〉에서 침몰하는 배 밑바닥 틈새로 들어온 빛은 죽음을 기다리는 이들에게 생명과 희망의 메시지였다. 대구교도소의 비좁은 독방에 갇힌 사형수에게 빛은 두려운 감시의 눈길이었다. 사형수는 자신이 자살을 기도하거나 또 다른 범죄를 저지를지도 몰라 24시간 켜놓은 보안등 불빛을 피해 어둠 속으로 숨고 싶었을 것이다. 그렇게 양심을 속이고 빛을 피해 "암흑 속으로 몸 던지고 싶을 때"도 빛은 비쳐들어 "양심을 깨"운다. 그런데 화자가 "빛을 잃고도 살아가는 상현"이를 부러운 듯이 불러본다. 그는 물리적인 빛을 보는 시력을 잃었으나 양심의 빛을 보며 살고 있는지도 모른다. 화자가 그런 "상현"을 부르는 까닭은 양심의 빛에 부끄러움 없이 살아가기가 어렵다는 걸 알기 때문일 것이다. 또한 그 빛은 마음의 눈으로 볼 수 있는, 생명과 소망을 주기 때문이다. (b)

# 호야네 말

이시영

이렇게 비 내리는 밤이면 호롱불 켜진 호야네 말집이 생각난다. 다가가 반지르르한 등을 쓰다듬으면 그 선량한 눈을 내리깔고 이따금씩 고개를 주억거리던 검은 말과 "애들아 우리 호야네 말 좀 그만 만져라!" 하며 흙벽으로 난 방문을 열고 막써래기 담뱃대를 댓돌 위에 탁탁 털던 턱수염이 좋던 호야네 아버지도 생각난다. 날이 밝으면 호야네 말은 그 아버지와 함께 장작 짐을 가득 싣고 시내로 가야 한다. 아스팔트 위에 바지런한 발굽 소리를 따각따각 찍으며.

(창작과 비평, 겨울호)

**2014년,** 갑오년, 올해는 말의 해이다. 그것도 청마의 해……. 어린 시절을 농촌에서 보낸 시인에게도 말은 흔한 짐승이 아니었다. 소는 도처에서 볼 수 있었지만 말은 흔하지 않았다. 그러니만큼 말에 대한 추억이 강하게 남을 수밖에 없다. 어렸을 때 겪은 일들은 왜 그렇게 안 잊히는 걸까. 사물과 존재와 마주하는 첫 번째 경험이기 때문일까. 2013년 어느 "비 내리는 밤", 시인은 문득 "호롱불 켜진 호야네 말집"을 떠올린다. 말집만이 아니라 "선량한 눈을 내리깔고 이따금씩 고개를 주억거리던 검은 말"도 떠올린다. 더불어 "얘들아 우리 호야네 말 좀 그만 만져라!" 하며 흙벽으로 난 방문을 열고 막써래기 담뱃대를 댓돌 위에 탁탁 털던 턱수염이 좋던 호야네 아버지"도 떠올린다. 시인이 지금 호야네 말집과 말과 아버지를 떠올리는 까닭은 무엇인가. 올해, 2014년이 말띠의 해이기 때문일까. "날이 밝으면" "아버지와 함께 장작 짐을 가득 싣고 시내로 가야" 하는 호야네 말……. "아스팔트 위에 바지런한 발굽 소리를 따각따각 찍으며" 시내로 가야 하는 말의 운명이 호야네 아버지의 운명과 다를 바 없어 보인다. 이들에 대한 시인의 측은지심이 잘 드러나 있는 시이다. (a)

# 밤의 데몬(DEMON)

이영춘

　다리가 긴 황새처럼 나는 늘 허기가 진다 무언가를 기다리다 지친 다리의 종족, 어둠과 어둠 사이에 끼어 몸이 작아지는 형벌의 종족, 내 다리는 언제쯤 불 밝힐 것인가 꽃이 진 상처의 자리는 늘 뜨겁다 황새의 깃은 보이지 않고 꽃잎 상처로 일렁이는 이 밤의 데몬, 데몬은 밤공기를 타고 어둠을 펴 나른다 잠든 새들은 돌아오지 않고 어둠의 어깨에 얹은 내 손가락이 기운다 기울어진 손가락 한끝으로 새들의 혼을 불러와 이 밤 어딘가에 등 하나를 단다 그러나 온 우주의 정령이 물그림자로 업혀 오는 이슬 안개, 안개의 한쪽 귀가 흔들린다 누가 흘리고 간 눈물일까 빗물일까 강이 길게 한숨을 토한다

(시와 표현, 겨울호)

이 시에 나오는 '데몬(demon)'은 고대 그리스어로 귀신 혹은 정령을 뜻하는 단어이다. 원래는 모든 귀신, 정령을 다 데몬이라고 불렀다. 하지만 훗날 그리스도교가 보편화되면서 데몬은 '악령'과 '악마'의 뜻으로 변질되었다. 따라서 "밤의 데몬"이라는 말은 '밤의 악령' 혹은 '밤의 악마'라는 뜻을 갖게 되었다. 시인은 이런 뜻에서의 자신에게 '밤의 악령' 혹은 '밤의 악마'가 들씌워져 있다고 생각한다. 시인은 자신이 "늘 허기가" 지는 것도, "무언가를 기다리다 지친 다리의 종족"인 것도, "어둠과 어둠 사이에 끼어 몸이 작아지는 형벌의 종족"인 것도 죄 '밤의 악령' 혹은 '밤의 악마'에게 들씌워져 있기 때문이라고 상상한다. 이런 그가 자신의 삶에 제대로 불을 밝힐 때는 언제인가. "꽃이 진 상처의 자리는 늘 뜨겁"지만 열매는 바로 맺히지 않는다. 시인이 보기에 자신의 삶은 "상처로 일렁이는" 밤의 시간일 따름이다. "밤공기를 타고 어둠을 퍼 나"르는 데몬의 시간 말이다. 그러니 시인의 시간이 이슬 안개에 덮여 있는 것은 당연하다. 그의 눈물이 빗물과 함께 만드는 강, 세월의 강이 길게 한숨을 토하는 것도 마찬가지이다. 이처럼 부정적인 자아개념을 토로하고 있는 것이 시인의 심리적 현존이다. 시인의 자기연민이 독자들의 가슴을 아프게 한다. (a)

# 백사마을*

이영혜

늙은 오동나무 꽃그늘 아래서
낮술 불콰한 두 노인이
장기를 두고 있다

무르지 마라
무르지 마라

한평생 물러버린 날들
한 수도 되돌릴 수 없다

더 이상 불끈 세울 일도 없는
꽃잎들이 똑, 똑
훈수를 둔다


* 중계동 104번지에 있는 서울의 마지막 달동네.

(내일을 여는 작가, 하반기호)

'서울의 마지막 달동네'로 남아 있는 "백사마을" 한가운데를 지키고 있는 "늙은 오동나무"는 마을의 상징이자 그 꽃그늘 아래서 장기를 두는 노인들의 모습이다. 나날이 발전해온 서울의 도심으로부터 산비탈로 밀려나 힘겹게 살아왔을 그들은 이제 삶의 신산스러움을 내려놓고 여유로운 한때를 즐기고 있다. 가지마다 불을 켠 듯 만개한 보랏빛 오동꽃은 "낮술 불콰한 두 노인"의 내면을 암시한다. 잠시 착각하여 악수를 두고 '한 수만 물러달라'고 서로 떼를 쓴다. 그러나 일수불퇴니 "무르지마라"고 서로 목소리를 돋울 뿐 어림없는 노릇이다. 그 고집스런 거절은 장기판을 두고 하는 것만이 아니라 "한평생 물러버린" 그들의 소외된 삶에 대한 달관을 암시한다. 화려한 거리로부터 물러나 "불끈 세울 일"도 서로 물러주고 이해하며 나무 한 그루에 함께 피어난 오동꽃처럼 살아왔을 그들……. 등불처럼 밝게 핀 꽃잎들이 지켜보다 떨어지며 "한 수도 되돌릴 수 없"는, 그 가난 속에서도 정겹게 살아온 삶이 아름다웠다고 "훈수를 둔다". (b)

# 하늘의 비수

이운룡

아라비아 도적들의 비수가 밤하늘에 꽂혀 있다. 꺼내달라고 눈 갸웃이 윙크한다. 손을 내밀면 더 깊이 박힐 뿐, 수억만 시간을 투망했지만 비수는 꿈쩍도 하지 않는다. 어떤 크나큰 아픔이 울음으로 못 박혀 어둠을 밝히는 것일까?

홀로된 청상(靑孀)도 비수를 품고 산다. 오목가슴 묵은 체증을 쓸어내려도 소용없는 슬픔처럼 비수 하나 품고 견딘다. 아, 춘향 모 월매가 품다 버린 넋, 영영 눈감지 못한 슬픔이 밤하늘에 꽂힌 것이리라.

슬픔도 참다보면 한이 되리. 한이 깊으면 비수가 되리. 당신은 왜 비수를 품고 사나. 한을 못 삭인 비수 하나 품으면 저렇듯 밤하늘 중천에 버려져 영원을 떠돌아야 하리니 무죄한 속 슬픔을 노래하고 아픔을 사랑하렴.

(시와시, 가을호)

"슬픔도 참다보면 한이 되"는 법이다. "한(恨)"은 마음[忄]이 산을 상징하며 머물러 나아가지 않는 모습[艮]과 함께하는 글자이다. 억울하고 원통한 일을 당해 응어리진 마음을 나타내는 것이다. 그러므로 "슬픔"이 쌓이면 "한"이 되는데, 그 "한이 깊으면 비수가" 된다. 따라서 다른 사람은 물론이고 자신을 해칠 수 있는 날카로운 칼 같은 "한"은 삭여야 한다. 그렇다면 "한"을 어떻게 삭일 수 있을까? "한"의 "슬픔"에 갇힐 것이 아니라 맞서 "노래"할 일이다. "아픔"을 아파하기보다 그 "아픔"을 "사랑"할 일이다. "한"은 타자와의 관계에서 생기는 것으로, 자기 자신을 사랑할 때 노래할 수 있다. 주체성을 가질 때 "슬픔"을 "노래"할 수 있는 것이다. (d)

# 간헐적 그리움

이은규

가을의 다짐에 귀 기울여 보세요

하루 한 끼니와 같이
하루 한 번 당신을 그리워하기로 한다
간헐적으로
나뭇잎들 떨어지다, 떨어질까
지난 기억과 이번 가을 사이

마땅할 당, 몸 신
마땅히 내 몸과 같은 당신이라 부르지 않기로 한다
그럼에도 이미 아직
당신이 당신이라면
사이사이로 지는 잎새 쌓이거든
열두 겹 포근히 즈려밟고 오세요*

도착 대신 연착되는 안부일 때
이번 가을과 다음 기억 사이
그럼에도 아직 이미


* 김남주, 「지는 잎새 쌓이거든」.

(문학사상, 9월호)

그리움에는 무수히 많은 유형이 있을 터인데, 이 시에서는 "간헐적" 그리움이 나타난다. 간헐적이라면 일정한 시간을 두고 되풀이된다는 뜻인데, 그럼 이 그리움은 얼마 만에 발동한다는 것인가? "하루 한 번"이다. 하루 한 번이면 많다고도 적다고도 할 수 있을 텐데, 여기서는 "하루 한 끼니" 같은 것이라고 한다. 한동안 유행했던 1일 1식처럼 이 그리움은 한 끼니이긴 하지만 하루에 일용할 양식 전체와 맞먹는 것이다. 허기가 일 때마다 다 먹는 것이 아니라 참고 참으며 단 한 끼로 절제하여 몸 속 세포까지 바꾸는 방법이다. 당신이 얼마나 자주 생각나든 하루 한 번 그리워하는 것으로 한정짓는 방식이다. "이미" 떠난 당신이지만 "아직" 생각나기에 하루 한 번씩만 그리워하자고 다짐한다. "이미" 도착했어야 할 안부이지만 "아직" 연착되고 있는 것이라면 얼마든지 기다릴 수 있으리라. 열두 겹으로 쌓인 "지난 기억과 이번 가을 사이"의 낙엽을 "포근히 즈려밟고" 오실 일이다. 가을의 '한 줄기 햇빛시침' 이 남아 있는 시간이라면, 하루 한 번 아끼고 아껴 당신을 향한 간헐적 그리움을 펼쳐놓겠다. (c)

# 좌판 위의 정의

이은봉


정의가 시장의 좌판 위에서 팔리고 있다 수입된 지 오래되어서인지 요즈음 들어서는 매기가 다소 덜하다

지금 시장의 좌판 위에 진열되어 있는 정의는 미제다 1945년 이래 대한민국에서는 미제가 짱이다 많은 사람들이 돈을 주고 정의를 사는 데는 그런 탓도 약간 있다

국민들 모두가 다 미제 정의를 좋아하는 것은 아니다 지난 1980년대 민주정의당의 정의는 별로 좋아하지 않는다 그때의 정의도 미국과 깊이 관련되어 있기는 하다 이제는 역사도 그때의 정의를 코미디라고 생각하고 있다

소리만 있고 뜻은 없는 것이 그때의 정의다 그때는 사람들이 다 '정의'라고 쓰고 '불의'라고 읽었다

정의는 늘 말보다 실천이 소중하다 이렇게 소중한 정의를 시장의 좌판 위에서 팔고 사다니 조금은 걱정스럽고 조금은 의아스럽다 정의의 무늬만 팔고 사는 것은 아닐까

먹고사는 일에 여유가 생기면 정의는 사치이기 쉽다 사치가 아니면 사기라고 해도 좋다 시장의 좌판 위에서 팔리고 있는 정의가 참 정의일까

좌판 위에 예쁘게 포장되어 있는 정의를 그대로 믿기는 어렵다 매일 매일 조간신문에 전면광고를 치는 정의를 어떻게 믿나 의심이 많은 나는 여태 좌판 위의 정의를 모르는 체하고 있다

(실천문학, 가을호)

"정의"의 개념은 사회나 공동체를 위한 옳고 바른 도리라고 말할 수 있다. 따라서 "정의"는 "시장"에서 팔릴 수 있는 대상이 아니다. 시장에서 흥정할 수 있는 대상이 아니라 마땅히 행해야 할 대상인 것이다. 그런데 놀랍게도 "정의가 시장의 좌판 위에서 팔리고 있"다. 그만큼 우리 사회는 상업적 자본주의가 지배하고 있는 것이다. "정의"란 그 나라의 올바른 전통과 문화와 관습 등에 의해 형성되는 것이지만, 우리는 그와 같은 역사적 조건을 제대로 갖추지 못했기 때문에 왜곡된 "정의"가 들어섰다. 그리하여 "정의"는 "시장의 좌판 위에 진열되어" 무한하게 팔리고 있다. "참 정의"가 아니기에 마땅히 저지해야 되는데, "정의는 늘 말보다 실천"을 소중히 여기므로 우리의 연대가 필요하다. (d)

# 울음의 진화

이재무

모처럼의 휴일
거실 바닥에 누워
낮잠 한숨 때리려는데
난데없이 창문 무너뜨리며
달려드는 한 떼의 울음소리
안면을 방해한다
저 금속성의 날카로운
울음들은 더 이상 자연의
연주가 아니다 두껍고 높은
자동차 소음의 장벽 너머에 있는
자신들의 짝들을 향해
처절하게 사투를 벌이듯
구애를 펼치고 있는 저들의
피울음 어찌 음악일 수 있으랴
종족 보존을 위해
낮밤 가리지 않고 울어대는
저, 자연의 집단 농성을
물대포로 강제 해산시킬 수 없는 일
해마다 야생 열매들 껍질이 두꺼워지듯
매미 울음이 높고 가파르게 진화하고 있다

(서정시학, 가을호)

자연의 소리는 정말 마음을 가라앉히고 정화시켜줄까? 자연에 관한 무조건적인 찬사 역시 자연에 대한 몰이해와 마찬가지로 편견에서 비롯된다. 우리가 가장 쉽게 접할 수 있는 자연의 소리는 한여름의 매미 소리 정도인데, 요즘 매미 울음에서는 누구든 편안하고 상쾌한 느낌을 받기 힘들 것이다. 도시의 매미들은 귀를 찌르듯 날카로운 소음 공해를 일으킨다. 7년을 땅속에 있다가 단 7일 동안 우화의 삶을 살다간다니 애잔한 마음에 참아보려 해도 도가 지나치다. 사람들이 무리 지어 저처럼 고성방가를 했다면 벌써 물대포가 날아갔을 것이다. 그렇지만 매미들의 항변도 만만치 않다. 지상에 있을 때 한시바삐 짝을 찾아야 하는데 자동차 소리 때문에 멸종할 지경이란다. 우리도 살아남기 위해 나름대로 울음을 진화시킨 거라고, 여름 한철이니 좀 참아달라며 이구동성으로 외친다. (c)

# 낙타를 울리는 일

이재숙

마두금을 낙타의 쌍봉에 걸어두면
바람이 마두금을 켠다.
가늘고도 애잔한 소리는 낙타를 울게 한다.
나는 마두금이 낙타의 귀에 대고 부르는 노래를
받아 적은 적이 있다.

너에게 거울을 보여주지 않을 거야.
신기루 보는 눈을 선물할 거야.
땅 밑에 흐르는 물의 기운도 알게 할 거야.
점점 두터워지는 발바닥도 쓸어줄게.
너의 털은 내 아이의 요람이 되지.
마른 풀 몇 줌으로 배부른 널 위해
입에 물린 재갈을 풀어줄 거야.
푸른 초원을 그려봐, 하늘과 맞닿은 자유
나를 떠나도 좋아, 언제든 와도 좋고

낙타의 눈물은 새끼에게 젖을 물리고
헤어진 등에 안장을 다시 얹는다.
눈물은 귀를 키워 마두금 소리를 듣고 있다.
바람과 버무린 슬픈 기억의 역사를
바람이 연주를 마칠 때까지
낙타의 등에 손을 얹지 말아야 한다.
바람의 배려에 대한 배려.

(시와시, 봄호)

"마두금(馬頭琴)"은 "낙타"와 밀접한 관계를 갖고 있다. "낙타"는 새끼를 낳은 뒤 핥지도 젖을 물리지도 않고 비켜 서 있다. 태어난 새끼가 비척거리며 일어나 어미의 품에 파고들어도 외면하고 도망 다니기에 바쁘다. 언제 적이 공격해올지 모르는 불안한 상황에서 지독한 산고를 치른 고통이 너무 커 새끼를 사랑하고 싶은 마음조차 상실한 것인지 모른다. 그러할 때 유목민들은 "낙타"에 다가간다. "마두금"을 연주하면서 새끼를 낳느라고 힘이 든 어미 "낙타"의 얼굴을 어루만지며 장한 일을 했다고 칭찬한다. 그러면서 새끼에게 젖을 먹이기를 부탁한다. 그러면 놀랍게도 "낙타"가 눈물을 흘리며 새끼를 품는다. 진정한 위로를 받은 것일까? 아픔도 고통도 모두 바람처럼 지나가는 것을 깨달은 것일까? (d)

# 사과와 감

이제니

감이 먼 목소리로 너는 말한다. 이것이 내 사과다. 사과는 어둡구나.
사과는 부드럽구나. 부드러움과 미래는 가깝구나. 사과를 받은 내 마음
은 고요하다. 사물들은 끝없이 멀어지고 있었다. 가까워지고 있는 것처
럼 멀어지고 있었다. 사과 이전에도 사과 이후에도. 한없이. 가없이. 동
시에. 일시에. 간헐적으로. 산발적으로. 한 마음에서 한 마음으로 건너갈
때. 한 마을에서 한 마을로 건너가듯이. 영영 뒤돌아섰지만 다시 뒤돌아
서게 될 겁니다. 어쩌면 다시 제대로 만나게 될 겁니다. 사과는 감이 멀
었지만 우리는 감으로 알아들었다. 가장 순한 순간에도 가장 악한 악한
이 될 수 있다. 아무도 누구도 너를 비난할 수 없다 오직 너 자신 외에는.
맺힌 것이 있었던 것처럼 너는 울었다. 매끄러운 곡선 위를 흐르는 하나
의 물방울처럼. 울면 풀리는구나. 풀리면 가까워지는구나. 탁자 위에는
작고 둥근 것이 놓여 있었다. 흐릿하고 환하고 맑고 희었다. 마치 처음
보는 것처럼. 이제 막 다시 태어난 것처럼. 사과 이후에 문득 가까워진
감이 있었다.

(현대문학, 2월호)

재치 있는 말장난을 좋아하는 이 시인은 '사과'와 '감'의 이중적 의미를 놓치지 않는다. 처음에 사과는 감이 멀었다. 어둡고 부드러운 목소리로 전달된 사과는 아득한 느낌이어서 마음을 고요하게 가라앉힌다. 사과를 받은 후의 복잡한 심경이 다양한 거리감과 예감들로 표출된다. 사과 이후 영영 멀어질 수도, 다시 제대로 만나게 될 수도 있을 것이다. 사과의 진실성은 오직 사과를 하고 있는 당사자만이 알 것이다. "아무도 누구도 너를 비난할 수 없다 오직 너 자신 외에는"이란 말처럼. 그 말끝에 사과를 했던 사람은 운다. 이 울음 끝에 나온 눈물이야말로 진정한 사과였을 것이다. 탁자 위에 놓인 작고 둥근 물방울의 이미지는 사과의 두 가지 의미를 감각적으로 이어준다. 드디어 처음 보는 듯, 이제 막 다시 태어난 듯 흐릿하고 환하고 맑고 흰 사과가 탄생한다. 이제 사과와 감은 확실하게 가까워진다. ⓒ

# 마당 깊은 꽃집

이주희


　대문을 열면 아담한 꽃밭에서 채송화 글라디올러스 아마릴리스 달리아 금잔화 깨꽃 봉숭아 백일홍 붓꽃 맨드라미 분꽃 한련 홍초 들이 제각각의 색으로 피고 진다 밖에서 보이지 않는 대문 앞 담장 바로 아래선 빨강 하양 양귀비꽃이 하늘하늘 춤판을 벌이기도 한다

　마당 한복판까지 내리뻗은 바위에 잔돌을 쌓아 꾸민 장독대가 있는데 돌 틈은 꼬리 두 개를 가진 하얀 바위취 꽃차지다 장독대에서 집 윗길에 올라앉은 담장은 줄장미 붉은 꽃이 온통 뒤덮었다 저도 질세라 기세 좋게 덩굴을 뻗어나가는 남보라색 나팔꽃은 위풍당당 기상나팔을 불려고 새벽부터 부지런을 떤다 한켠엔 노란 여주꽃이 수줍게 웃다가 살랑대는 바람에 오톨도톨한 주황색 열매를 대롱거리기도 한다 그 옆으로 기어가듯 퍼져 있는 돌나물 노란 꽃도 방긋거린다

　마루 아래 봉당엔 화분이 크기대로 줄 서 있다 밤송이선인장 손바닥선인장 공작선인장 손가락선인장이 인심 쓰듯 꽃을 보여주고 꽃기린 양아욱과 석류는 붉은 꽃을 뽐내고 조신하게 하얀 꽃을 피우는 실란은 쭈뼛거리며 연분홍 꽃을 내놓는 개상사화와 단짝처럼 다정하다

　부엌 부뚜막은 조왕신 같은 움파가 늘 지켜주고 있다

(시와 표현, 가을호)

"꽃"의 아름다움은 형태며 색깔이 다양한 데 있다. "채송화 글라디올러스 아마릴리스 달리아 금잔화 깨꽃 봉숭아 백일홍 붓꽃 맨드라미 분꽃 한련 홍초" 등에서 볼 수 있듯이 "꽃"의 형태는 매우 다양하다. 또한 "꽃기린 양아욱과 석류는 붉은 꽃을 뽐내고 조신하게 하얀 꽃을 피우는 실란은 쭈뼛거리며 연분홍 꽃을 내놓는 개상사화" 등에서 볼 수 있듯이 "꽃"의 색깔 역시 매우 다양하다. 그 어떤 화가도 꽃의 색깔과 형태를 그대로 그려낼 수 없고, 그 어떤 시인도 꽃의 아름다움을 제대로 노래할 수 없다. 사진작가가 꽃을 담아내지만 꽃이 주는 실제의 아름다움에는 미치지 못한다. 눈에 잘 띄는 꽃부터 그렇지 않는 꽃까지, 큰 꽃부터 작은 꽃까지의 아름다움은 저절로 신을 떠올리게 한다. 인간의 문명은 도시의 건설에서 볼 수 있듯이 아름다움의 형태와 색깔을 획일화시킨다. "꽃"의 아름다움은 그것을 넘어선다. 그리하여 사람들이 "꽃"에 반하는 것이다. (d)

# 나무

가파르게 서 있는 나무.
지난 가을에 무성한 바람의 기억들 떨쳐버리고
망각의 비탈로 밀려났다고 여겼는데,
언제 기억 되찾았는지,
우리가 미처 발견하기도 전에,
문득 전신이 푸르스름해져 있다.

바람기가 곧 무성해진다는 걸 드러낸 게다.
우리 자는 사이 밤을 치대던 천둥.
그 환한 예언의 소리 온몸으로 맞은 어혈 같다.
그러고 보니 이월의 끝이고 삼월의 초입이다.
그러니까 나무는 절로
제 온몸의 봄을 당연한 소식으로 드러낸 것이다.
그 기세는 여름으로 이어져 무성해진다.

나는 바로 보고 말해야겠다,
나무는 모든 계절의 끝머리쯤에서
망각되거나 의심되어지는 게 아님을,
언제나 그렇듯 나무가 선 그곳이
모든 계절의 출발점인 것을,
나도 그렇게 비탈에 서 있음을.

(유심, 4월호)

나무는 계절의 파수꾼이다. 계절의 경계에 가파르게 서서 새로운 계절의 신호를 받아낸다. 지난 가을 온몸으로 무성한 바람을 맞아 잎을 떨군 나무는 망각의 비탈로 밀려나 잊혔었는데 어느새 전신이 푸르스름해져 새로운 계절을 맞고 있다. 나무의 푸른 기운은, 밤사이 치대던 천둥소리를 온몸으로 맞아 생긴 어혈 같다. 나무는 두려움이 없는 파수꾼처럼 새로운 계절의 온갖 기미를 온몸으로 받아 기입한다. 그리하여 나무의 몸은 그 자체 계절의 징후가 된다. 어혈처럼 푸른 봄 나무의 기운은 여름이 되면 무성한 잎으로 드러날 것이다. 자세히 보니 나무는 계절의 끝자락과 스치는 것이 아니라 늘 온몸의 촉수를 발동시켜 계절의 시작을 전언해왔던 것이다. "나는 바로 보고 말해야겠다"는 다짐에는 나무와 같이 비탈에 서서도 쓰러지지 않고 온몸의 긴장을 동원하여 삶의 지각을 유지하려는 결연한 자세가 깃들어 있다. (c)

# 엄마의 재봉틀

임미리

엄마는 재봉틀로 무엇을 적고 싶었을까.
방 한쪽 구석에 놓여 있는 얌전한 고양이
시간이 흐르고 엄마가 재봉틀을 열고
무엇인가를 만들어 우리에게 줄 것이라는
작은 바람이 점점 차갑게 식어갔다.
또 몇 년의 세월이 허무하게 무너져 내렸다.
무엇이 되어 우리에게 돌아올 것이라는
작은 바람은 기억 속에 남은 한 마리 고양이
어느 날이던가 창고에 숨어들어 갔는데
그곳으로 이사 간 잊어버린 재봉틀이
드르륵 드르륵 내게 말을 걸어왔다.
화들짝 놀랐으나 호기심이 발동한 고양이
손끝으로 만져보다 바늘에 손끝을 찔렸다.
붉은 핏방울이 꽃잎처럼 떨어져 내릴 때
엄마가 차마 피우지 못한 꽃말들을
재봉틀이 알고 있지 않을까 궁금증이 도발했다.
며칠을 아무도 몰래 창고를 들락날락했지만
나는 아무것도 받아 적을 수가 없었다.
어느 날인가 꿈속에 고양이 같은 재봉틀
창문을 열고 꽃잎처럼 날아 들어와
내 머리맡에서 노트북 자판기처럼 드르륵거렸다.
재봉틀이 튜닝을 해 노트북이 되었을까.
노트북의 화면을 열고 붉은 언어들이 날아다녔다.

행간을 정리해 문장을 토해내는 고양이 한 마리
아직 못다 한 이야기 어디에 숨겨두었나.

(우리詩, 5월호)

재봉틀과 관련한 이런저런 상상을 담아내고 있는 시이다. 시인의 상상에 따르면 재봉틀은 노트북이 되기도 한다. 때문에 시인이 "엄마는 재봉틀로 무엇을 적고 싶었을까" 하고 자문을 할 수 있는 것이다. 새댁의 혼수이기도 했을 만큼 중요했던 것이 재봉틀이다. 하지만 언제부턴가 "방 한쪽 구석에 놓여 있는 얌전한 고양이"로 전락한 것이 재봉틀이다. 시인은 재봉틀이 언젠가는 "무엇이 되어 우리에게 돌아올 것이라"고 믿은 적도 있다. 하지만 "창고에 숨어들어" 가버린 재봉틀, "그곳으로 이사 간" 후부터 시인은 아예 그것을 잊어버린다. 그런데 창고 속의 그것이 문득 시인이게 "말을 걸어"온다. "호기심이 발동"해 시인은 재봉틀을 "만져보다 바늘에 손끝을 찔"린다. "붉은 핏방울이 꽃잎처럼 떨어져내"리는 데도 시인은 "엄마가 차마 피우지 못한 꽃말들을/재봉틀이 알고 있지 않을까 궁금"해 한다. 재봉틀을 소재로 시 한 편을 쓰고 싶은 것이다. "몰래 창고를 들락날락했지만" 시인은 쉽게 재봉틀을 소재로 시를 쓰지 못한다. 그러던 어느 날 그의 "꿈속에 고양이 같은 재봉틀"이 "머리맡에서 노트북 자판기처럼 드르륵거"리는 장면이 나타난다. 재봉틀이 노트북이 된 것이다. 그러자 "노트북의 화면을 열고 붉은 언어들이 날아다"니며 시를 쓰기 시작한다. 노트북인 재봉틀이 "행간을 정리해 문장을 토해"낸 것이다. (a)

# 슬픔

  어디선가 휙 하고 잎 하나 진다. 가만, 은사시나무 잎이다. 문득 올려
다 본 하늘 한쪽이 그 은사시 잎 모양이다. 이번엔 소리도 없이 떡갈나무
잎이 팔랑거린다. 그래서 하늘은 또 그렇게 팔랑이는 떡갈나무 잎이다.
저만큼 산벚나무 붉은 잎들이 무수히 빗금을 그으며 떨어져 내린다. 그
래서 하늘은 또 그렇게 끝 간 데 없이 쓸리는 붉은 물결.

  잎이 질 때마다 하늘은 꼭 그런 나뭇잎 모양을 하고, 잎 진 하늘 속 비
로소 보이는 나무들의 미끈미끈한 아랫도리. 그렇게 드러난 아랫도리에
슬픔이 미끈미끈 젖어 흐른다.

  그렇구나. 나무들은 아랫도리에 빛나는 슬픔을 감추고 있었구나. 그
렇게 가려진 슬픔으로 제 키를 세우고 있었구나.

  언제나 하늘이 산 가득한 이유

  거기 있었다.

(시와 정신, 겨울호)

슬픔과 기쁨이 끊임없이 교차되는 게 인간의 삶일진대 나무들은 무엇 때문에 슬픔을 느끼는 것일까. 먼저 시인은 나무 숲에서 나무마다 서로 다른 "잎 모양"을 닮은 하늘을 본다. 봄에 돋아나 여름을 지나고 끝내 가을바람을 견디지 못한 은사시 잎이 지자 비로소 "하늘 한쪽"이 그 모양으로 열린다. 떡갈나무 잎이 하늘을 향해 손짓이라도 하는 듯 "팔랑거"리자 하늘도 덩달아 팔랑거린다. "산벚나무 붉은 잎들"이 가볍게 빗금을 그으며 떨어져 내리는 그 사소한 미동에도 하늘에는 가장자리까지 "붉은 물결"이 쓸리며 퍼져간다. 그렇게 시인은 숲에서 땅에 뿌리를 내린 나무들과 하늘이 서로 교감하고 조응하는 우주적 질서가 깃들어 있음을 깨닫는 것이다. 그리고 그 잎이 다 지자 비로소 "나무들은 아랫도리에 빛나는 슬픔을 감추고 있었"다는 것을 발견한다. 그리고 하늘은 수직으로 "제 키를 세우"며 그리움을 태우던 나무들의 아픔과 슬픔만큼 열린다는 것을 깨닫는다. (b)

# 두만강 2

임 윤

도문의 어둠은 물속으로 흐른다
가장자리로 퍼진 바람이 갈대숲을 허적거리면
어둠을 베어 문 불빛이 깜빡댄다
발아한 빛의 몸짓은 소통을 꿈꾸는 메시지인가
나들목은 한 길 몸속에 휘감긴
천 갈래 통로이던가
조카를 만나러 흑룡강성에서 온 박씨
후들거리는 걸음은 조중우호다리를 건너기 전부터 운다
함경도 북청에서 온성군 남양까지
여자의 몸으로 무개차에 숨어 사흘 걸려 도착한 조카
얇은 바지 두 벌 껴입고는
초겨울 냉기를 수습하지 못해 발갛게 언 종아리
박씨와 조카는 한없이 운다
부둥켜안고 마냥 운다
울다 지쳤다가도 종아리 보고 다시 운다
강심으로 산란한 시선이 불빛을 헤아리는 밤
생의 배꼽을 잃어버린 아우성을 읽어보라
어둠이 내린 어딘가에서
소용돌이치며 흐느끼는 소리
강을 건너지 못한 그림자들이 바동거리는 소리
조금씩 국경을 두드리는 강 안개
퉁퉁 부은 두 사람의 눈에서 황톳물이 쏟아진다

(시작, 가을호)

**북한과** 중국의 국경을 이루는 "도문(두만강)"의 어둠 속에서 갈대숲을 허적거리는 바람은 심상찮은 사건이 발생하리라는 예고를 한다. 그런데 깜박거리다가 점점 커지는 불빛은 국경 경비병의 삼엄한 감시를 피해 소통을 꿈꾸는 누구의 메시지일까. "조카를 만나러 흑룡강성에서 온 박씨"와 함경도 북청에서 "여자의 몸으로 무개차에 숨어 사흘 걸려 도착한 조카"는 극적으로 만나 서로 부둥켜안고 행여 들킬세라 눈물만 흘릴 뿐이다. 조카의 종아리를 발갛게 얼게 한 "초겨울 냉기"는 그녀가 그동안 겪은 삶의 고통과 시련을 잘 암시해준다. 시인은 도문강 수면에 어리는 불빛을 보며 "생의 배꼽을 잃어버린" 채 굶주리며 강을 건너 국경을 넘으려는 북한 동포들의 소리 없는 "아우성"을 듣는다. 두 사람의 눈에서 쏟아지는 "황톳물"을 통하여 시인은 북한 동포들이 처한 현실과 우리 민족의 비극을 대신 보여주고 있다. (b)

# 슬픔의 근친

장만호

오늘 저녁 슬픔의 주인은 누구인가
돼지고기 한 근을 앞에 두고
부엌에 서서, 오래도록 생각하고 있는 어머니인가
그 모습을 보고 있는 아들인가

이상하다, 생각이 나질 않는구나
고추장 불고기를 해먹어야겠는데, 생각이
30년 동안 식당 주인이었는데도,
갑자기 요리법이 기억나지 않는다는 어머니의 저녁인가

제가 할게요
제가 하지요

고추장 불고기 맛있게 만드는 법
'고추장 두 큰 술, 고춧가루 두 큰 술, 후춧가루 약간……'

고기는 목살, 기름기 없는
쓸쓸한 한 근
주물러 재워두고, 담배를 피고 들어오는 아들의 저녁인가
그 사이에 잠시 잠든 어머니의 시간인가

오늘 저녁 슬픔은 어떤 맛이 나는가
고추장 두 큰 술, 고춧가루 두 큰 술…

아들과 어미가 저녁을 먹는다
마흔넷 개띠와 여든 살 개띠가 저녁을 먹는다
고추장 불고기
으르렁 소리도 없이 양보하며 싸 먹는다
마지막 남은 슬픔 한 장을 서로에게 권해주면서

(현대시, 8월호)

인간의 마음은 복잡하다. 특히 감정은 아주 다양해 언어로 명명하기가 쉽지 않다. 시인은 자신이 느끼는 감정을 이 시에서 "슬픔의 근친"이라고 명명한다. 자신이 느끼는 감정을 두고 그가 슬픔과 연결시켜 명명할 수밖에 없는 까닭은 무엇인가. 말할 것도 없이 어머니 때문이다. 객관적 존재로 묘사하고 있지만 시인 자신이기 쉬운 아들은 어머니와 함께 "돼지고기 한 근을 앞에 두고/부엌에 서서" "고추장 불고기를 해먹어야겠"다고 생각한다. "30년 동안 식당 주인이었는데도" 어머니는 "갑자기 요리법이 기억나지 않는다"고 하신다. 치매의 초기증상이라도 온 것인가. 그리하여 아들은 "제가 할게요" 하고 나선다. "고추장 두 큰 술, 고춧가루 두 큰 술, 후춧가루 약간……" 아들은 시에 인터넷에서 찾았을 법한 고추장 불고기의 레시피를 제시한다. 그런 다음 '돼지고기 목살 한 근'을 "주물러 재"운 뒤 "고추장 불고기"를 해서 "아들과 어미가 저녁을 먹는다". "마흔넷 개띠"의 아들과 "여든 살 개띠"인 어머니가 저녁을 먹는다". 그러니 아들로서는 마음이 아프지 않을 수 없다. "30년 동안 식당 주인"을 했던 어머니가 "고추장 불고기"의 요리법을 잃어버렸다니! 늙은 어머니와 아들이 "슬픔 한 장을 서로에게 권"하며 저녁을 먹는 모습이 짠하다. (a)

# 금싸라기 참외와 시

장병훈

병훈아, 시집 부칫다민서,
니도 주소 쫌 찍어보거래이
내가 농사 진 참외 쬐끔 부치 주꾸마

어이쿠, 영태야
더운 날, 비닐하우스서 애지중지한
전국에서 가장 돈 된다는
금싸라기 성주 참외를 거저 얻어 묵어서 우짜노
(그것도 돈 안 되는 시집 한 권, 달랑 받고서는)

아이다. 친구야
니도 뼈를 녹하 가지고 맹글은 시집인데,
참외 농사나 글 농사나
잠 못 자고 맹글은 거는 똑같은기라

그래, 그래 얘기해주니 고맙데이
전국에서 제일도 맛있다는 성주 참외
그것도 영태 니가 특별히 보내준
금싸라기 참외 묵고,
내 글밭에도 금싸라기 시어들로 가득 채워 보꾸마

영태야 그리고 니한테도
농사 일이 힘들 때 마

니가 맹글은 참외보다는
밉게 생기고 맛이 덜한 시편들이나마
위로가 되는 말씀들이 숨어 있으면,
참 좋을 텐데 말이다
와 이리 신경이 자꾸 가는지 모르겠는기라

(불교문예, 가을호)

이 시의 시인이기도 하고 주인공이기도 한 병훈은 아마도 시골 출신인 듯하다. 참외 농사를 짓고 있는 영태라는 친구를 갖고 있기 때문이다. 이 시는 이들 두 친구 사이에 시집과 참외를 매개로 주고받는 시업과 농업의 의미를 견주고 있다. 농부인 영태가 먼저 시인인 병훈한테 말한다. 시집을 받게 된 만큼 그에 값하는 참외를 부쳐주겠다고 말이다. 시인인 병훈은 겸손하게도 자신의 시집이 참외와 견줄 만한 것이 못 된다고 말한다. 그가 "전국에서 가장 돈 된다는/금싸라기 성주 참외를 거저 얻어 묵어서 우짜노"라고 말하는 것은 이 때문이다. 하지만 영태는 병훈이 자신의 참외를 거저 얻어먹는 것이 아니라고 생각한다. 그래서 영태는 "뼈를 녹하 가지고 맹글은 시집"이니 만큼 "참외 농사나 글 농사나/잠 못 자고 맹글은 거는 똑같"다고 말한다. 그런 얘기를 듣자 병훈은 고맙다고 말하며 "금싸라기 참외 묵고,/내 글밭에도 금싸라기 시어들로 가득 채워 보꾸마" 하고 긍정적으로 대답한다. 그러면서 병훈은 "농사 일이 힘들 때" 자신의 시에 "위로가 되는 말씀들이 숨어 있으면,/참 좋을 텐데" 하고 생각한다. 하지만 병훈은 실제의 삶에서 그것이 힘들다는 것을 잘 알고 있다. 영태의 말에 병훈의 "신경이 자꾸 가는" 것은 그렇기 때문이다. (a)

# 문신

전다형

    연두, 저 여린 새싹이 온 세상을 번쩍 들어 올린다 연초록 힘줄이 툭툭 불거진 숲 허공이 한 발짝 뒤로 물러섰다 우듬지 끝에 맨발로 나앉은 햇살이 오동통하다 바람이 연초록 우듬지에 초록 양말을 신겨놓았다 버들강아지도 아랫배가 한 뼘 부풀어 올랐다 몸피 터진 수양버들 가지도 두꺼운 그늘을 털어냈다 물살끼리 멱살 잡던 겨울 강도 깍지를 풀었다 몸을 푼 물살도 눈을 뜬 새싹도 그들만의 세계를 그렸다 그들의 세계를 들인다 두근두근 숲이 뛰었다 덩달아 세계 바깥으로 뻗은 길들이 자랐다 숲의 뿌리가 더 깊이 내려섰다 울림통 큰 푸른 소의 물소리도 깊어졌다 서로를 더 깊이 껴안아 깊어진 그늘이 나를 다녀갔다 온몸에 숲을 들인 흔적들로 가득 찼다

(작가와 사회, 여름호)

"온 세상을 번쩍 들어 올"리는 것은 기성세대가 아니라 "연두"와 같은 신진세대이다. 따라서 "연두"가 세상을 제대로 들어 올릴 수 있도록 용기와 기회를 주어야 한다. 그런데도 기성세대는 기득권을 좀처럼 놓으려고 하지 않는다. 그와 같은 면은 제18대 대통령 선거의 투표에서 여실하게 드러났다. 그리하여 사회는 역동성을 갖지 못하고 개혁의 바람이 막히고 무사안일주의가 횡행하고 있다. "연두"가 들어설수록 "두근두근 숲이 뛰"고, "덩달아 세계 바깥으로 뻗은 길들이 자"란다. 그리고 "숲의 뿌리가 더 깊이 내려"서고, "울림통 큰 푸른 소의 물소리도 깊어"진다. "연두"가 내는 힘과 창의성과 대담함이 필요한 시대이다. 사람들의 마음속에 "연두"의 문신을 새길 수 있는 봄이여, 어서 오라. (d)

# 허허벌판 울타리

정세훈

다시, 날이 저물고 어두워졌다
수십 년간 기타를 만들어온 공장*은
수년간 복직 투쟁을 해온 공장은
며칠 사이에 흔적 없이 사라졌다
공장이 있던 자리는
허허벌판이 되었다
투쟁할 곳조차 잃어버린 우리는
투쟁할 대상조차 잃어버린 우리는
허허벌판 맞은편 보도블록 위에
허허롭기 그지없는 텐트를 치고
그래도 돌아가야 한다
반드시 돌아가야 한다
돌아가서 공장을 돌려야 한다
목젖 같은 시를 낭송하고
기타를 치고 노래를 불러보지만
부당 해고 위장 폐업
공장을 허물어버린 자본
밤샘 작업으로
울타리를 친다

허허벌판 울타리를 친다


* 2007년 4월 12일 단행된 부당해고에 노동자들이 6년 동안 투쟁해온 부평 콜트
  공장. 회사는 법원의 부당 해고 판결에 '위장 폐업' 했다. 노동자들은 2013년 2
  월 용역들에 의해 점거 농성을 벌여왔던 공장 건물 안에서 쫓겨났으며, 공장 건
  물은 철거됐다.


(황해문화, 여름호)

부평에 있는 콜트악기는 대전의 콜텍악기와 더불어 기타를 만드는 회사로 널리 알려져 있다. 전 세계 기타의 30% 정도를 생산하고 있는 것이다. 그런데 콜텍악기는 2007년 공장을 폐업하면서 89명의 노동자를 해고했고, 콜트악기 역시 38명의 노동자를 해고했다. 잘 나가던 기업이 공장을 폐쇄하고 직원들을 정리 해고한 것은 납득하기 어렵다. 천박한 자본가 계급의 비인간적인 모습을 여실하게 보여주는 것이다. 쫓겨난 노동자들은 기타 대신 복직을 원하는 투박한 문구를 적은 플래카드를 들고 현재까지 투쟁하고 있다. 송전탑을 오르기도 하고, 손수 만든 기타를 들고 공연을 하고도 있다. 그렇지만 달라진 것은 없다. 회사는 노동자들의 복직 투쟁을 무시하고 중국과 인도네시아 등에 공장을 세우고 인건비와 생산비를 낮춰 경영 이익을 달성하고 있다. "허허벌판 맞은편 보도블록 위에/허허롭기 그지없는 텐트를 치고" 수년간 농성과 투쟁을 해온 노동자들은 지칠 대로 지쳐 있다. 법원도 사용자의 경영 권리가 노동자의 고용 권리보다 우선한다고 손을 들어주었다. "투쟁할 곳조차 잃어버"렸고, "투쟁할 대상조차 잃어버"렸다. "돌아가서 공장을 돌"리고 싶어하는 노동자들의 목소리가 안타깝기만 하다. (d)

# 오래된 동굴

정연수

　산맥을 넘는 눈발의 속살에는 집념이 담겼습니다. 자식만 보고 살자고, 동점 구문소를 지나 철암의 쥐라기 막장에 닿았습니다. 하얀 눈을 밟고 들어가다 보면, 이억 오천만 년 된 동굴 어귀에선 까만 눈이 내립니다. 크고 밝은 태백의 이름 언저리에는 진폐증 무덤들이 별처럼 총총 빛났고요. 아버지의 마지막 도시락 속에서 가래 끓는 기침이 벌레처럼 스멀스멀 기어 나왔습니다. 탄차가 무덤 위로 쌩쌩 내달리는 동안에도, 무덤을 열고 나온 아이들은 제 발로 동굴을 찾아갔습니다. 광부를 대물림할 줄 알았다면, 아버지는 산맥을 넘지 않았겠지요. 어머니는 아들이 팽개치고 간 책가방을 열고 하얀 쌀밥을 지었습니다. 눈은 그치지 않을 작정이지만, 어머니의 눈자위는 벌써 시래기처럼 바싹 말랐습니다. 폐광의 그늘에 웅크리고 있던 아들이 기침을 시작했습니다. 동굴 속에선 동발한 틀 우지끈 부러지고. 화들짝 놀란 눈, 이럴 순 없잖냐며 마구 퍼붓고 있습니다.

(다층, 여름호)

광부인 "아버지"는 "마지막 도시락 속에서 가래 끓는 기침이 벌레처럼 스멀스멀 기어 나"와도 "막장"에 닿았다. "자식만 보고 살자고" 다짐했기 때문에 힘들어도 참은 것이다. 그렇지만 자식은 당신이 바라는 희망의 등불이 되지 못했다. 기적을 만나지 못한 대부분의 "아버지"들도 마찬가지였다. "광부"의 아들이 가난의 굴레를 벗어나는 일은 결코 쉽지 않은 것이다. 그렇지만 "아버지"는 최선을 다해 "광부"의 삶을 살았다. "태백의 이름 언저리에" "진폐증 무덤들이 별처럼 총총 빛"나고 있는 것이 그들의 최후 모습이다. 우리의 산업화는 지하 막장에서 석탄을 캔 "광부"들의 희생에 의해 이루어졌다. 그렇지만 그들은 잊혀지고 살아남은 자들도 진폐 및 규폐 재해자로 고통받고 있다. "폐광의 그늘에 웅크리고 있던 아들"도 "기침"을 하고 있다. (d)

# 달리는 무어라 부를까

정우영

안경다리 하나가 부러졌다.
다른 때 같으면 먼저 여분의 안경 찾았을 것이나
어쩐지 그런 생각은 안 들고
다리 부러진 안경이 짠해지는 것이다.
부러진 다리와 다리 잃은 몸통을 들고
잠시 숙연해져 고개를 숙인다.
아내는 내 몰골을 바라보다 흥흥, 웃음을 훔친다.
당신은 모를 거야, 사물의 통증.
폐기되지 않을까 하는 소멸의 공포로
공황에 빠지는 사물의 존재감.
나는 아내의 코웃음에 자못 심각하게 토를 달며
부러진 안경의 틀어진 형태와 색채,
끙끙거리며 기억의 창고에 채워두는 것인데.
흠흠, 하지만 어쩔거나.
채 몇 분 지나지 않아 통증도 없이
안경이 슬근 기억을 빠져나간다.
그러자 나는 갑자기 궁금해지는 것이다.
달리는 이 부러진 물체를 무어라 부를 것인가.

(시인동네, 겨울호)

사물에게도 마음이 있을까. 사물에게도 권리가 있을까. 인간의 인권 같은 사물의 물권 말이다. 언제까지 사람이 주체인가. 사물이 주체가 될 수는 없는가. 이 시를 쓰기 전 시인은 이런 생각을 하지 않았을까. 안경다리 하나가 부러지자 시인은 "다른 때 같으면 먼저 여분의 안경 찾았을 것이나/어쩐지 그런 생각"을 하지 않는다. 대신 시인은 "다리 부러진 안경" 자체를 짠하게 받아들인다. 나아가 그는 "부러진 다리와 다리 잃은 몸통을 들고/잠시 숙연해져 고개를 숙인다". 시인의 아내는 시인의 이런 "몰골을 바라보다 흥흥, 웃음을 훔친다". 시인의 아내야 시인이 느끼는 "사물의 통증"을 알 리 만무하다. 사물에게도 마음이 있다면 다리가 부러진 안경으로서는 당연히 "폐기되지 않을까 하는" 공포에 빠지리라. 그런 마음으로 시인은 "아내의 코웃음에 자못 심각하게 토를 달"아보기도 한다. 이어 그는 다리 부러진 안경을 "기억의 창고에 채워"넣는다. 하지만 "채 몇 분 지나지 않아" 그는 이 일을 잊어버리고 만다. 일상의 정서가 시인의 의지를 해소시켜버린 것이다. 그러자 시인은 "갑자기 궁금해"진다. 초현주의 화가 달리라면 "이 부러진 물체를 무어라 부를 것인가" 하고 말이다. 꿈과 무의식을 그린 것으로, 기상천외한 행동으로 유명한 것이 스페인의 초현주의 화가 살바도르 달리이다. 왜 갑자기 달리인가. 무의식을 살고 있는 시인은 지금 달리와 동병상련을 느끼고 있는 것인가. ⓐ

# 노크 귀순

정원도

셋방 여자와 남자의 옥신각신 언성이
심야의 벽을 넘더니
다급히 남의 방으로 숨어들던 기척

온 식구 깜짝 놀라 잠자던 이불 들치니
여자의 두 눈엔 눈물이 글썽글썽
귀순 청하는 눈치를 재워주는데
어라! 날이 밝기도 전에 화해가 되었는지

새벽부터 된장찌개 끓이는 냄새
분단 60여 년이 지나서야
그런 귀순이 휴전선에서도 일어났다

그래 총 대신에 노크를 해야지
부부가 간밤에 티격태격하다가도
옆방 방문을 두드리듯
아쉬울 땐 서로 귀순도 하고 재워주다 보면

비무장지대 산노루 하현달이
철조망에 찢겨 피 흘리며 드러누운 곳
죽음의 밤을 건너 신혼 같은 화해가 되지

가을이 적요한 바람의 등을 노크하는 줄 알듯

날아가던 새가 심심하여
부리로 창문을 두드리는 소리인 줄 알듯
깊은 밤 달그림자가 어른거리는 기척인 줄 알 듯

(시에, 여름호)

어느새 '통일 대박론' 까지 등장했다. 통일이 되면 한반도는 경제적인 면에서나 정치적인 면에서 큰 이익을 가져올 것이 분명하지만, 통일이라는 민족의 과제에 '대박'이라는 투기성 용어를 붙인 것은 신중하지 못하다. 그리고 용어 자체를 넘어 과연 구체적으로 통일을 추구하고 있는지 생각해볼 일이다. 평화적인 방법으로 통일을 이루려면 상호간의 교류와 협력이 마련되어야 되는데 과연 그러한지 되돌아볼 일이다. 지금의 남북관계처럼 상대방의 변화만을 요구해서는 통일을 이루기 어렵다. 따라서 "총 대신에 노크를 해야" 한다. 그랬을 때 "부부가 간밤에 티격태격하다가도" 화해를 하고 "된장찌개 끓이"듯 신뢰가 생기고 공동체의식을 갖는 것이다. 통일을 대박으로 바라볼 것이 아니라 좀 더 역사의식을 가지고 구체적으로 실행해 나가야 할 것이다. (d)

# 슥슥

정은기

짐승은 귀신을 본다
서늘한 그림자가 지붕을 넘어오면 개는 짖는다
바람 속에 감추고 있던 펜으로 지붕 위에 남기는 연월생시
독 오른 팔뚝이 바람 속에서 불쑥
사주를 적고 흐릿해진다, 왜
눈에 보이지 않는 것을 앞에 두고
사람들의 생활은 위태로울까

기도는 너무 빨리 타오르는 말
불만이 유일하게 헤어지는 형식이므로
연기로 몸을 풀어헤치는가

눅눅하게 배어 있는 습기가 이승의 것이라면
연기는 지붕을 비집고 날아가는 부족들의 기도로 남는다

독이 올라 허리를 부풀리는 항아리 속으로
문지를 때마다 지네들이 들끓었다

흉터를 남기지 않기 위해
죽음이 숫돌에 칼을 가는 소리처럼
결별은 날카로워야 한다

무덤을 지우려 바람은 낙엽을 쓸고

뒤이어 여자는 자리를 걷는다
바람이 슥슥 분다

(시인동네, 봄호)

눈에 보이지 않지만 무시할 수 없을 정도로 삶에 작용하는 것들이 있다. 죽은 자들의 영혼은 과연 귀신이 되어 떠도는 것일까? 짐승은 귀신을 본다는 말은 과연 사실일까? 확언할 수 없지만 생활 속에 잠재되어 있는 이러한 인식들에 대해 이 시에서는 감각적 이미지들을 부여한다. 개를 짖게 하는 "서늘한 그림자"는 다시 바람 속에서 불쑥 사주를 적고 흐릿해지는 "독 오른 팔뚝"의 형상으로 구체화된다. 이승의 삶 바로 앞에 눈에 보이지 않는 다른 삶이 있어 사람들의 생활에 틈입한다. "눅눅하게 배어 있는 습기"가 이승의 것이라면 "연기"는 저승의 것이리라. 이승과 저승은 너무 가까워서 위태로워 보인다. 이승의 삶을 위해 결별은 날카로워야 할 것이다. 흉터를 남기지 않고 깨끗하게 헤어지는 것이 좋다. 불이 습기와 연기를 갈라놓고 죽음이 산 자와 죽은 자를 가른다. 바람은 낙엽을 쓸어다 무덤을 지운다. "바람이 슥슥 분다". 바람은 이승과 저승을 슥슥 넘나들며 양쪽의 기미를 전달해주는 매개체이다. 눈에 보이지 않는 또 다른 세계에 대한 상상을 한껏 자극하는 시이다. (c)

# 뉴스는 불안이 피운 꽃들이다

정진경

오늘도 TV 속 헤드라인 뉴스는 성폭행 소식이다

여린 꽃잎이 문드러지는 상상에 나의 잠은 벌써부터 불안하다

눈꽃송이를 흩날리며 하늘로 상승하는 빌딩들

잠시 눈을 붙인 잠 속에서 꽃들이 분주하다

사선(死線)의 바람 끝에서 여린 꽃들이 핀다
푸른 망막을 뚫고 개화하는 미세한 입자의 꽃무리
내 꿈 장벽 뒤에 불안한 바리게이트를 친다

타이어 펑크 소리에 번득, 잠이 헝클어진다

TV 속 헤드라인 뉴스는 여전히 특종에 시달리고

무방비 상태로 자전하던 별들은 한창 기자와 전쟁 중이다

그들의 전쟁에 나는 불안을 잊고 낄낄거린다

뉴스는 불안이 피운 꽃들이다

오늘도 쏟아지는 뉴스가 벼랑 끝에서 여린 꽃들로 핀다

(시와시, 봄호)

개가 사람을 문 일보다 사람이 개를 문 일이 뉴스가 되는 경향이 지나치다. 뉴스가 사실을 보도하기보다는 기획에 의해 연출되기 때문이다. 뉴스는 전달하려는 쪽에 의해 취사선택될 수밖에 없으므로 기획 자체를 나쁘다고 말할 수는 없지만, 지나치게 상업주의를 지향하고 있기 때문에 문제이다. "오늘도 TV 속 헤드라인 뉴스는 성폭행 소식이" 선정되어 전해지고 있는 것이 그 모습이다. "여린 꽃잎이 문드러지는" 아픔을 애도하기 위해서라기보다 상업적 상품으로 팔고 있는 것이다. 그런데도 우리는 그 실체를 알아채지 못하거나 방관하고 "낄낄거린다". "쏟아지는 뉴스가 벼랑 끝에서 여린 꽃들로" 피는 경우가 점점 늘어나고 있다. "뉴스"와의 전쟁이 필요하다. (d)

# 살구꽃 피었다

정진규

　살구꽃들 꽃샘바람 젖히고 허공에 진하게 상감하는 대낮, 그대로 나
도 상감하고 있다 분홍빛으로 떨며 너를 상감하고 있다 항아리 하나 잘
구워져 나오거들랑 연통하마 너무 한참되었다 그때쯤 열무김치도 잘 익
고 있을 터 달려와 햇볕 속 마주 앉아 밥을 비비자 미리 귀띔한다 네 그
리움의 새경이 올봄은 넉넉할 것이다 네게 밥을 멕일 만한 봄이 당도하
고 있다 本格을 터득해가는 항아리여, 너무 한참 되었다 소모와 마멸은
소리부터 다르다 소모는 생성의 자양이며 그리움의 몸이다 마멸은 배반
의 남루요 낡은 뒷등이 아니더냐 살구꽃 피었다

(현대시학, 5월호)

'상감'이란 말이 참 절묘하게 쓰이고 있다. 살구꽃이 도드라지게 펴 있는 광경이 허공 중에 상감된 듯 선명했으리라. 더불어 정지한 듯 숨죽인 나도 그대로 상감된다. 너까지 상감한다면 영원히 간직하고 싶은 장면이 되지 않을까? 나의 마음은 어느새 너와 같이 하고픈 시간으로 가득 찬다. 열무김치가 익을 때면 마주 앉아 밥을 비벼먹는 소박하면서도 행복한 상상이 넘쳐난다. 상감 항아리가 구워지듯 그리움이 익어간다. 열무김치가 익어가듯 봄이 본격적으로 익어간다. 이런 기분 좋은 기다림의 시간은 마멸이 아니라 소모가 맞다. 마멸이 남루하고 부질없는 사라짐이라면 소모는 결실을 향해 가는 간절한 불길이리라. 항아리를 구워내는 뜨거운 불길처럼 소모는 자신을 던져서 새로운 차원을 이끌어내는 생성의 과정이다. 이 시에서는 기다림의 시간이 한없이 따스하고 기분 좋게 그려지고 있다. 기다림을 통과하면서 열리는 아름다운 결실에 대한 확신이 있기 때문이다. 열무김치든, 항아리든, 정이든, 익어가는 것들은 향기롭다. 점점 더 그윽해진다. (c)

# 하늘 강아지풀

조명제

버들강아지에도 강아지풀에도
강아지는 없다. 어차피
강아지도 강아지는 아니다.
한없이 떠도는 시니피앙, 외진
대야미역으로 가는 굽은 길
두 길 높이의 시멘트 담장 어깨에서
이삭을 여럿 단 강아지풀 몇 포기가
실바람에 꼬리를 흔들며 가을볕에
이삭을 말리고 있다. 흙손으로 꼼꼼히
바름질 해놓은 시멘트 담장의 저 높은 데를
어떻게 뚫고 솟아올랐을까. 엉덩이 깔고
담장 밑을 샅샅이 뽑아대는 '희망 근로자' 들의
매서운 손길을 피해
하늘 곁으로 올라가 싹을 틔운 강아지풀,
시(詩)의 속눈썹이 길어지는
볕 좋은 가을날
강아지는 어디서 꿈꾸는가.

(시현장, 7호)

**언어** 기호(sign)의 양면인 '표현(시니피앙:signifant)'과 '기의(시니피에:signifiet)'는 일치하지 않는다. 다만 일상어에서는 "한없이 떠도는 시니피앙"을 흐르는 '기의'의 바다에 잠시 닻을 내려두었을 뿐이다. 그런데 "버들강아지에도 강아지풀에도" '강아지'라는 기표가 포함되어 있지만 '개의 새끼'를 의미하거나 그것을 지시하지 않는다. 시인은 그러한 '강아지'의 일상적 의미를 제거하고 새로운 의미를 부여하며 "강아지풀"을 "희망 근로자"들에 비유한다. 그렇게 일상어의 약호를 벗어나면서 시가 시작된다. 이 시에서 "강아지풀"은 외지고 위태로운 "두 길 높이의 시멘트 담장 어깨"에서 자라고 있다. 그 강아지풀이 뚫고 솟아올라 자라는 공간의 특성은 주류 계층으로부터 소외된 채 "담장 밑을 샅샅이 뽑아대는" "희망 근로자들"의 고통과 꿈을 보여주기에 알맞다. 그곳은 고된 지상의 현실을 벗어나 희망의 "하늘 곁"으로 다가가게 하는 사다리 역할을 하기 때문이다. (b)

# 붉은 지문

조연향

지문(指紋) 인식기에 내 지문이 비치지 않는다
홀연히 사라진 소용돌이를 일으켜 찍고 또 찍으며
폐허의 이유를 묻는다면,
살 밖의 일들을 자꾸 살 속으로 밀어 넣거나 숨기려 했던 일

끓어오르던 피를 잠재우듯
한 줄기 비바람이 몰아치던 그 언덕 끝에서
새끼손가락 비틀며 엄지로 한 번 더 결인했던, 너와의 약속이 무효가
되어버린

단풍나무 다섯 잎맥들이 노랗게 숨죽이고 풍랑을 그리던 그 자리,
벼랑을 타 올라가는 나팔꽃 하나,
오로라 불꽃이 광대무변하게 불타고 있던 자리,

(여우를 잡아먹은 피 묻은 곰 발바닥을 들켜버릴까 봐, 내가 나의 기
록을 몽땅 지워버린거지 나는 이제 완전범죄야 어느 검문에도 걸리지 않
아)

겨우 내내, 길쌈을 하시고, 바느질하시던 어머니의 지문을,
오롯이 살빛 어둠으로 지어 올린 비단 같은 지문을
나는 어느 낯선 길에서 잃어버리지 않았던들
보일 듯 말 듯, 내 꿈 한 줄기는 거미줄을 덮고 영원히 잠복해 있으리라,

밤과 낮을 비비듯,
거짓과 진실을 비비듯,
폐허의 꽃잎을 맞붙여 쓱쓱 비벼보는 사이,

닳을 대로 닳은 채 살아가야 하는 내 얼굴과, 닳을 대로 닳은 내 마음
사이
적도(赤道) 하나 붉게 젖어서 울고 있다 한들,
내 무늬 고요히 잠복해 있을 뿐,

(시와시, 여름호)

작품의 화자는 "지문(指紋) 인식기에 내 지문(指紋)이 비치지 않는" "이유"를 고민하고 있다. "지문"은 사람마다 다르며 평생 변하지 않는 것이므로 보이지 않을 수 없다. 물론 박노해가 「지문을 부른다」에서 고발하고 있듯이 화공약품 공장 같은 곳에서 오랫동안 노동을 하다보면 지문이 지워질 수 있다. 그와 같은 경우가 아니라면 "지문"은 살아 있는 것이다. 화자는 "지문"이 비치지 않는 "이유"로 "살 밖의 일들을 자꾸 살 속으로 밀어 넣거나 숨기려 했"기 때문이라고 밝히고 있다. "지문"을 자신을 되비쳐주는 자화상 내지 거울 같은 대상으로 인식하고 있는 것이다. 따라서 "살 밖의 일들을" "살 속으로 밀어넣"거나 "숨기려 했던" 것이란 자신의 삶에 주체적이고 적극적이지 못했음을 나타낸다. 그 결과 자신이 기대한 모습을 볼 수 없다고 토로하고 있다. "닮을 대로 닮은 채 살아가야 하는 내 얼굴과, 닮을 대로 닮은 내 마음 사이"에 "고요히 잠복해 있"는 "지문"을 흔들어 깨울 일이다. (d)

# 보검(寶劍)

조오현

너를 처음 보았을 때 온몸이 흔들렸다
네 손목을 잡았을 때 서늘한 바람이 지나갔다
네 몸이 내 몸에 닿는 순간 상처만 남았다.

상처가 아물어서 진주(眞珠)가 되기까지
진주가 몸에 박혀 보검이 되기까지 얼마나 울었던가
사랑은 그 누구도 끝내 버릴 수 없구나.

(시와 세계, 가을호)

누구를 사랑하는 것은 누구로부터 상처를 받는 것인지도 모른다. 이때의 상처는 일단 사랑하는 사람이 "처음 보았을 때 온몸이 흔들"리는 것으로 나타난다. 다음에는 "손목을 잡았을 때" "서늘한 바람이 지나"가는 것으로 현현된다. 손목을 잡은 뒤에는 누구나 서로의 몸을 부딪기 마련이다. 몸과 몸을 부딪고 상처를 남기지 않는 사람은 없다. 상처는 언제나 울음을 동반하는 법이다. 그런 점에서는 이 시의 제목이 「보검」인 것부터 알 필요가 있다. "보검"은 사랑의 "상처가 아물"면서 만들어진 "진주(眞珠)"의 진전된 모습이다. 사랑의 "상처가 아물어" 진주가 되기도 어려운데, "진주가 몸에 박혀 보검이 되기까지"는 수많은 고통이 따를 수밖에 없다. 고통이 따르더라도 "누구도 끝내 버릴 수 없"는 것이 사랑이다. 사랑이 만드는 상처와, 상처가 만드는 진주, 진주가 만드는 보검이 다 사랑의 산물인 줄을 잘 알면서도 그 사랑을 마다하지 않는 것이 인간이다. 사랑이 만드는 고통 없이 살 만한 세상을 만들기는 어렵다. (a)

# 나무들은 침묵보다 강하다

조용미

나무들은 한낮의 햇빛 속에서 더욱 강력해진다

한낮에도 서늘한 어둠을 불러들이는 건
죽은 자들이 아니라 저 나무들이다

십자가를 만든 나무,
하늘과 땅을 이어주는 시퍼런 길
검은 초록의 터널

사이프러스 한 그루가 하나의 길이라는 것을
이 섬에서 나비처럼 알게 되었다
한 그루 길 위로 구름이 걸린다

저 나무는 어두운 내면을 초록으로 오래 위장해왔다

나무속으로 가끔 새들이 빨려 들어가 푸득거린다
우듬지 근처로 분명 어떤 새가 지나갔다

순식간이어서 보지 못했다
왜 고개를 숙이고 있었는지 새를 바라보지 않았는지
나비처럼 알지 못한다

(시와 세계, 가을호)

햇빛도 뚫지 못하는 강력한 나무들이 있다. 무성한 나뭇잎들이 한낮에도 서늘한 어둠을 드리운다. 여기 하늘과 맞닿는 길을 만들어내는 사이프러스가 있다. 사이프러스는 키 큰 원추형 교목으로 십자가를 만들던 나무이다. 그리스나 로마에서는 묘지에 많이 심었었다고 한다. 신성이 깃들 만한 영묘한 나무인 셈이다. 하늘까지 곧장 닿을 듯 큰 나무기에 "한 그루 길"이라는 표현이 가능하다. 십자가를 만든 나무이기에 "하늘과 땅을 이어주는 시퍼런 길"이 된다. 묘지의 어둠을 불러들이는 것도 저 나무들이다. 나무의 내면은 짙푸른 초록보다도 더 어둡고 깊다. 햇빛과 생명을 맹렬히 빨아들이고 죽은 자들의 영혼을 하늘 길로 이어준다. 나무속으로 빨려 들어간 새는 돌아오지 않는다. 초록의 심연에 녹아들었을 것이다. 나무는 죽음보다도 깊은 그늘을 품고 있다. 이토록 고요하고 강한 나무가 있었다니. 침묵보다 강한 나무. 신의 아들조차 자신의 길을 통해 하늘에 이르게 했던 십자가의 나무가 바로 그것이다. (c)

# 월요일에 만나요

진은영

안녕 내 사랑, 널 떠나온 후에
아무도 사랑하지 않았어, 라고 말할 수는 없어
나는 금요일 밤의 되돌아오는 피로로
네게 이별을 말했다
월요일엔 널 만나러 갈 거야, 난 중얼거렸지
이 멸망은 새로운 수태고지와는 아무 상관 없다네
천국까지 담뱃가게가 이어지는 거리를 알고 있다고 허풍 떠는 사내처럼
절반쯤 타다 만 담배를
어느 길고 긴 마음의 꽁초를 손쉽게 꺼버렸네

사랑의 하느님이 너무 오래 안식하시는구나
무한 속에서 선잠으로 뒤척이시고
월요일은 오지 않네
내일 아침이면, 결코 만나러 가려는데 따듯한 달걀이 깨졌는데
병아리가 태어나지 않아
노란 고양이들이 울고
비가 오고
사막들은 결코 젖지 않고
툭툭 떨어진 붉은 머루알들이
무슨 요일인지 알 수 없는 어느 저녁의 긴 장화 아래 터지고
구름이 일꾼들처럼 흩어지고
월요일은 없네

마지막으로 끈 담뱃불이 하늘의 짙은 허공에서 반짝, 였네

태초에 화재는 없었네 홍수만 있었네

(시인세계, 가을호)

**사랑** 이야기와 기독교 신화의 결합이 신선하다. 하나님도 엿새 동안 천지를 창조하시고는 하루를 쉬셨다고 한다. 지금 "나"의 사랑은 금요일쯤에 해당해서 상당히 피로하다. 일단은 좀 쉬고 싶다. 절반쯤 타다 만 담배꽁초를 쉽게 꺼버리는 사내의 마음처럼 아까운 마음보다 지금은 일단 쉬고 싶다는 마음이 크다. 사내가 천국까지 담뱃가게가 이어지는 거리를 안다고 허풍을 떠는 것처럼 월요일이면 다시 널 만나러 갈 수 있다고 나는 중얼거려본다. 그런데 월요일은 좀처럼 오지 않는다. 따듯한 달걀이 깨졌는데 병아리가 태어나지 않는다. 내 사랑은 새로운 월요일을 맞아 다시 시작될 수 있을까? 병아리 대신 노란 고양이들이 울고(병아리들을 잡아먹어서 노란 것일까?), 비가 와도 사막들은 결코 젖지 않고(메마른 채로 남아 있고), 툭툭 떨어진 붉은 머루알들이 어느 저녁의 긴 장화 아래 터져 검게 물들어 있고, 구름조차 흩어지고 없어 하늘은 짙푸르게 가라앉는다. 마지막 담뱃불이 허공에서 반짝, 빛나고는 끝이다. 천국까지 담뱃가게가 이어지는 거리는 찾을 수 없고 너를 만나러 한 월요일은 결코 오지 않는다. "태초에 화재는 없었네 홍수만 있었네". 영원히 타오르는 사랑의 불길은 없다네, 이별의 눈물만 넘쳐흐를 뿐. (c)

# 폭로(暴露)

여성의 해부학적 구조를 닮은 저 폭포,
아우라지강으로 통하는 오장폭포에
더 이상 물이 흐르지 않는다
폭로(瀑路)가 되었다


돌이킬 수 없는 말들이 쏟아진
아픈 귀와 시끄러운 입에서
폭로의 바닥이 드러난다


말이 지나갈 때
혀도 함께 허물을 벗었다는 소문


거미줄을 걷어낸다


좁아터진 저 수로에
폭력과 협력과 괴력이 함께 다 지나가버린
울컥한 잠적


건조해진 주름살로 꺼이꺼이 허스키 울음만 우는
늙은 과부의 후두처럼 할 말을 멈춘
바닥만 꺼끌꺼끌 드러낸 저 폭포


단호해진 말끝에

폭로(瀑路)가 활짝 열려 있다
물만 흘려보내고 말 일이 아니었다

(문학동네, 가을호)

"오장폭포"는 강원도 정선군 북면 구절리에 있는 인공폭포인
데 전국에서 가장 큰 폭포라고 한다. 그 물이 다 말라서 폭포의 길인 "폭
로(暴路)"가 드러났을 때 그 형상이 여성의 몸 일부와 흡사하다는 것이다.
그 "폭로(暴路)"는 감춰진 비밀이 드러낸다는 뜻을 가진 '폭로(暴露)'와 동
음이의어이다. 그런데 "더 이상 물이 흐르지 않"아서 "폭로(暴路)가 되었"
다는 것과 그 "바닥이 드러난다"거나 "혀도 함께 허물을 벗었다는 소문"
으로 변용되며 그 의미가 반복된다. 그리고 "폭력과 협력과 괴력이 함께
다 지나가버린/울컥한 잠적"과 "폭로(暴路)가 활짝 열려 있다"는 시행들
로 이어지면서 '폭로'라는 시니피앙에 새로운 시적인 의미를 생성한다.
이처럼 폭포에 물이 흐를 때라야 비로소 "폭로(暴路)"를 씻는 역할을 하듯
입속에서 말이 터져 나올 때 폭력이 되기도 하고 협력을 하며 괴력을 보
여주기도 한다. 누군가에게 감춘 것을 활짝 열어 보일 때 모든 것이 '폭
로' 된다는데 거기 흐른 것이 물뿐이었을까. (b)

# 산북 마을

최기순

키 큰 전나무 숲
군사 기밀 도로가 전부인 이 마을은
겨울이 깊을수록 흰 산이 우뚝 솟아올랐다

마당의 빨래들 뻣뻣하게 언 채로 눈을 맞고
창호지엔 눈송이들이 날아와 보푸라기처럼 달라붙었다

시렁 위 싹을 틔울 감자들 아직 눈이 깜깜하고
할아버지와 할머니 아버지와 어머니 삼촌과 고모들
구부러진 못처럼 박혀 양말을 깁고 가마니를 짜고 물레를 돌리고
잡곡에 무채와 말린 산나물을 섞어 밥을 짓는 어머니는
이 철산 겨울이 맞닥뜨린 범의 숨소리 같다고

할아버지의 느릿한 옛이야기는
추녀 끝 고드름이나 단단하게 할 뿐이지만
등불 건 툇마루까지 눈이 쌓이고
소맷부리가 해진 옷을 벗어두고 잠들면

가오리연이 새하얀 꼬리를 흔들며 유영하고
눈의 아이들은 썰매를 타고 은하수를 흩뿌리며 달아났다

참새 떼가 새파란 공중을 향해
언 나뭇가지를 차고 오르는 아침은
차고 맑은 향의 구슬들이 챙챙챙 쏟아져 내렸다

(신생, 겨울호)

"산북 마을"은 정지용 시인이 일제 말기에 노래한 「장수산(長壽山)」 같은 분위기를 자아낸다. 정지용은 적막과 고요가 넘치는 겨울 장수산을 바라보며 일제의 탄압 상황을 꿋꿋하게 견뎌내려고 했다. 작품의 화자도 "산북 마을"을 바라보며 삶의 의지를 노래하고 있다. "겨울이 깊을수록 흰 산이 우뚝 솟아" 오른 모습이며 "철산 겨울이 맞닥뜨린 범의 숨소리"를 삶의 가치로 인식하는 것이다. 그리하여 온 세상이 차갑게 얼어붙은 "산북 마을"을 외면하지 않고 기꺼이 품는다. "할아버지와 할머니 아버지와 어머니 삼촌과 고모들/구부러진 못처럼 박혀 양말을 깁고 가마니를 짜고 물레를 돌리"는 데 함께하고, "잡곡에 무채와 말린 산나물을 섞어 밥을 짓는 어머니"를 따르는 것이다. "산북 마을"의 겨울 추위 속에서도 화자는 삶의 온기를 피운다. (d)

# 방대한 구름의 시집

최동호

하늘 가득한 늙은 구름은 지상에 떠도는 비통한
인간의 울음을 끌어올려
하늘에 쌓아놓은 검은 활자들의 방대한 시집이다.

때로 늙은 구름에선 지상의 시집에 적혀
세상의 빛이 되고 싶은
묵은 활자들의 구시렁거리던 소리가 들리기도 한다.

인간의 눈물로 짙게 뭉쳐진 늙은 구름은
몇 겹의 생을 바쳐도
다 적어낼 수 없는 활자들을 뭉게뭉게 피어 올리다가

때로 가장 외진 나뭇가지 빈터를 찾아
부싯돌로 가슴을 지지는
당산나무에게 가장 아름다운 노래의 전설을 전해주기도 한다.

(서정시학, 겨울호)

265

작품의 화자는 "방대한 구름의 시집"을 통해 시란 "아름다운 노래"가 되어야 한다는 시론(詩論)을 제시하고 있다. 시는 인간의 삶을 반영하는 것인데, 인간의 삶이 아름답지만은 않기 때문에 성숙한 인간 정신이, 즉 "지상에 떠도는 비통한/인간의 울음을 끌어올려" 아름다움으로 승화시키는 노력이 필요하다는 것이다. 그와 같은 과정을 거쳐야 시는 "세상의 빛이" 될 수 있다는 것이다. 인간의 삶은 기쁨과 즐거움과 좋아함보다 분노와 슬픔과 두려움과 싫어함이 더 많다고 볼 수 있다. 그리하여 인간은 "눈물"을 흘리기 일쑤이다. 시란 그와 같은 슬픔과 고통을 극복한 아름다운 산물이라고 화자는 인식하고 있다. (d).

# 모과빛

최서림

늦은 가을 저녁밥 짓는 연기가 포대기 모양 집을 감싸고 있다

호박 넌출이 외따로 떨어진 헛간 위로 차고 올라가 시들어 있다

사위어가는 햇살이 마당귀 배추밭에 한 해의 마지막 기름을 기울여
붓고 있다

손님같이 왔다 주인처럼 머물렀다 가는 산골바람이 배추를 쓰다듬으
며 속살이 차오르게 한다

집주인도 강아지도 손님으로 와 얹혀살고 있는

조그맣고 텅 비어 점점 더 커져 가는 산자락 외딴집

삼십 촉 백열등이 모과빛으로 번져 나온다

그들은 '그들'이 아니라 자기 자신으로 살다 갈 것이다

(시와 표현, 가을호)

이 시는 아주 익숙한 풍경화 한 편을 보여준다. 늦은 가을 산자락의 외딴집과, 그 주변의 풍경들을 그려내고 있는 것이 이 시이기 때문이다. 이 시가 보여주는 풍경화의 주된 색조는 제목처럼 "모과빛"이다. 모과빛을 주된 색조로 하는 이 시의 풍경화는 "저녁밥 짓는 연기가 포대기 모양 집을 감싸고 있"는 장면부터 포착한다. 그런 뒤에는 "호박 넌출이 외따로 떨어진 헛간 위로 차고 올라가 시들어 있"는 모습을 보여준다. "사위어가는 햇살이 마당귀 배추밭에 한 해의 마지막 기름을 기울여 붓고 있"는 장면도 모과빛이기는 마찬가지이다. "산골바람이 배추를 쓰다듬으며 속살이 차오르게" 하는 늦은 가을, "집주인도 강아지도 손님으로 와 얹혀살고 있는" "산자락 외딴집"에는 "삼십 촉 백열등"도 "모과빛으로 번져 나"오기 마련이다. 이 시에 객관적으로 등장하는 산골의 사람들과 사물들의 경우 실제로는 모두 주체적인 존재들이다. 그런 연유로 시인은 "그들은 '그들' 이 아니라 자기 자신으로 살다 갈 것"이라고 예언한다. 그런데 지금 이처럼 평화로운 마을이 어디에라도 있기는 있는 것인가. (a)

# 바람의 눈이 당신을 복기(復碁)*한다

최석균

진작 들렀더라면 새로 열렸을 길들이 문을 열고 마중 나온다. 뒹구는
돌밭길, 하나둘 들춰보는 돌멩이 밑엔 판독 못한 암호문이 별처럼 눈을
뜬다. 그 음을 기억한다. 그 감을 기억한다. 추억의 공유가 하늘에 별을
띄웠다가 쏟고 띄웠다가 쏟는다.

별 천지, 시간여행의 문이 열렸으니 블랙홀 속으로 뛰어들어야지. 골
목 하나에 추억 하나를 데리고 막다른 길 끝까지 달려가야지. 먼지 같은
생각까지 빨아들이는 길, 어디서부터 눈이 먼 걸까. 몇 번을 헛디딘 걸
까. 비뚤게 걸어간 발자국들이 걸러진다. 묻혔던 화석이 입을 연다.

돌무덤에서 수순대로 돌을 들어 올리는 손이 있다. 손끝에서 회오리
바람이 분다. 바람의 눈이 혼돈의 골목을 누비며 당신 걸음을 복기한다.
팔짱 한번 안 끼고도 만리장성을 쌓고 허문다. 돌멩이마다 저장된 별들
의 인생, 난마(亂麻) 같은 길들이 짝을 짓다가 반짝거리다가 이별을 한다.

* 바둑에서, 한 번 두고 난 바둑의 판국을 비평하기 위하여, 두었던 대로 다시 처
  음부터 놓아보는 일.

(시사사, 9~10월호)

**프루스트는** 숲 속의 두 갈래 길을 보며 가지 않은 자신의 인생 길을 비유했었다. 그러나 어디 두 갈래 길뿐이겠는가. 인생길에는 "진작 들렀더라면 새로 열렸을 길들"이 무수히 많다. 흰 돌과 검은 돌이 이루는 길들이 무한한 조합을 이루는 바둑처럼 인생길도 그러하다. 뒹구는 돌밭길의 돌멩이 하나하나에는 판독 못한 암호문들이 가득하다. 바둑의 복기처럼 인생길의 돌멩이들을 복기해볼 수 있을까? 바둑의 돌과 돌밭길의 돌멩이와 하늘의 별이 그리는 길들은 모두 점을 이어 그린 선으로 이루어져 있다. 바둑의 복기처럼 첫 돌부터 마지막 돌까지, 별 천지라면 블랙홀의 순간부터 현재까지, 추억의 막다른 골목부터 하나하나를 끄집어내보면 묻혀 있던 추억의 화석들이 입을 연다. 돌무덤처럼 한 무더기 추억이 쌓여 있는 곳에는 '당신'의 걸음이 가득하다. 난마같이 얽힌 길이 거기 있다. 당신과 나 사이에는 무수히 많은 가보지 않은 길들이 들어 있을 것이다. "바람의 눈"만이 볼 수 있는 무수한 망설임과 착오의 자취들이. (c)

# 의심하는 것은 미덕이다

최종천

모름지기 주체성이란 의심으로부터 생성되는 것이다!
노동의 주체성이란 무엇인가?
노동 그 자체가 목적이어야 하는 것이 그것이다.
그러므로 모든 다른 계급을 의심하자!
지식계급은 실천하지도 않는 진리를 진리라고 말하면서
진리를 망가뜨려 놓고 만다.
진리에 무슨 면허증이라도 있어야 하는가?
플라톤은 몇 천 톤이나 되는 골칫덩어리인가?
도로에 고장 나 서 있는 자동차는 누가 고치는가?
자동차는 고치고 나면 질서가 되어 흐른다.
노동자는 수도 없는 무질서를 질서로 만들고 있다.
지식은 돈과 권력을 모으는 수단이 되지만
노동을 해서 상을 받거나 존경받는 예는 없다.
노동이야말로 사랑과 진리의 실천인 것이다.
그러므로 의심하는 우리 자신을 믿어야 한다.
믿음 다음에 의심이 오지 않거든
그 자리를 주저 없이 떠나라
의심하지 않는다는 것은 생각이 없다는 것이다.

(시와 경계, 가을호)

271

칸트(Immanuel Kant, 1724~1804)의 철학을 비판철학이라고 일컫는 것은 의심하는 것에서 연유한다. 그가 『순수이성비판』에서 의심한 것은 '인간은 보편적인 진리를 어떻게 알 수 있는가' 였다. 세상의 진리라고 여겨지는 대상이 어떻게 가능한가를 의심한 것이다. 근대 서양 철학에서의 합리론은 인간의 이성이 태어날 때부터 지식을 갖고 있고, 경험은 이성이 본래부터 갖고 있던 지식을 일깨우는 것에 불과하다고 보았다. 칸트는 그 합리론에 의심을 품고 인식의 능력은 본래부터 갖고 있다고 하더라도 인식의 내용은 경험을 통해서만 얻을 수 있다고 보았다. 그리하여 경험을 통해 인식의 내용을 얻고 경험과 상관없는 인식의 능력을 통해 보편적 진리를 알 수 있다고 결론지었다. 칸트는 합리론과 경험론에 대한 비판을 통해 두 철학을 종합한 것인데, 결국 인식 주체의 능동성을 강조한 것이다. 노동자의 사회적 위치가 점점 낮아지는 시대에 "노동의 주체성이란 무엇인가?"를 고민해야 한다. 그렇게 해야 "노동"의 창조성과 역사성을 획득할 수 있는 것이다. 노동자들은 이 세상의 명령에 순종할 것이 아니라 의심해야 한다. "의심하지 않는다는 것은 생각이 없다는 것"이다! (d)

# 어쩌지 못한다

표성배

종일 웅크린 채 비를 맞고 있다
비 맞는 기계
봄비에 움트는 새순의 뿌리처럼
기다리던 비가 내려도
꿈쩍하지 않는 기계
점점 체력이 다해
체온이 식어가는 몸은
봄비도 어쩌지 못하는가
깨어나라 깨어나라 아득한
가슴을 울리는 소리
일으켜 세울 수 없는 꺾어진 무릎
천근 같은 눈꺼풀
계속 비는 내리고
비가 내려도 땅속으로
스며들지 못하는 빗물
완강하게 저항하는
시멘트 바닥 같은 견고한 시간
지난 시간 앞에서는
이 봄비도 어쩌지 못하는가
온몸을 파고드는 빗물
뼈 마디마디가 툭툭 불거져 나온
아버지처럼 쪼그리고 앉아
비 맞는 기계

여기저기 벌겋게 녹슬 것 같은
내 몸

(다시올 문학, 봄호)

"봄비에 움트는 새순"이 되지 못하는 "기계"가 엄연히 존재하고 있다. "점점 체력이 다해/체온이 식어가는 몸"이어서 "봄비도 어쩌지 못하"고, "깨어나라 깨어나라 아득한/가슴을 울리는 소리"도 "일으켜 세울 수 없"다. 천민자본주의의 상황에서 생산력이 없는 "기계"는 버림당할 수밖에 없다. 그러므로 소외된 "기계"가 자본가 계급의 자비나 시혜를 바라서는 안 되고 그렇게 될 수도 없다. 노동자들은 자신이 비를 맞고 있는 "기계"라는 인식을 가져야 한다. 그리고 적극적으로 연대해야 한다. 런던 노동자들의 처참한 생활을 보고 폴 고갱의 외할머니인 플로라 트리스탕(1803~1844년)은 『런던 산책』에서 "만국의 노동자여 단결하라!"고 외쳤다. 1848년 마르크스와 엥겔스는 「공산당 선언」에서 따라 불렀다. 이제 "비 맞는 기계"들도 따라 외쳐야 할 것이다. (d)

# 늑대보호구역

하 린

배고픈 한 마리 늑대가 밤을 물어뜯는다

고결(高潔)은 그런 극한에서 온다

야성을 숨기기엔 밤의 살이 너무 질기다

그러니 모든 혁명은 내 안에 있는 거다

누가 나를 길들이려 하는가

누가 나를 해석하려 하는가

발톱으로 새긴 문장이 하염없이 운다

부르다 만 노래가 대초원을 달리고

달이 슬픈 가계(家系)를 읽고 또 읽는다

그러니 미완으로 치닫는 나는 한 마리의 성난 야사(野史)다

(문학사상, 10월호)

시인은 "배고픈 한 마리 늑대"의 생태를 제시하며 "고결(高潔)"을 꿈꾸는 혁명가의 자세와 그 길을 보여준다. 늑대에게 현실은 아직 기다리는 밝은 미래가 도래하지 않은 "밤"으로 여겨질 뿐이라서 "야성을 숨기"지 않고 그 질긴 살을 물어뜯는다. 그리고 자신을 길들이고 해석하려는 어떠한 대상도 거부하며 저항의 발톱을 세워 혁명 선언문을 작성하도 문장을 새긴다. 아무도 그 진정한 의미를 알아주지 않는 외로움에 하염없이 우는 늑대의 울음은 노래가 되어 "대초원을 달리고" 있다. 늑대가 지향하는 이상적 세계를 상징하는 "달"이 어둠을 환히 헤치고 혁명의 실패를 반복해온 슬픈 가계를 읽어줄 뿐이다. 늘 "미완으로 치닫는" 성난 늑대의 "야사"는 오늘보다 더 나은 내일을 향해 끝없이 욕망을 불태우며 이어온 인간의 발자취인지도 모른다. 늘 부르다만 노래를 다시 이어서 부르며 어둠 속을 달리는 늑대의 야성이 인간에게도 숨어 있어 새로운 문화를 창조해올 수 있었을 것이다. (b)

# 오시려는지

한영옥

몽글한 아지랑이 다 풀리는

4월이 한참 지나도록

깜깜하던 대추나무에도

겨우 들썩하던 밤나무에도

한가위 둥그러지는 날엔

어느덧, 토실토실

여태껏 어룽대지 않는

雪山 너머 차가운 사람

대추알로 오시려는지

밤톨로 오시려는지

토실토실, 몰록 오시려는지.

(유심, 6월호)

"4월이 한참 지나도록" 대추나무의 눈은 물론 밤나무의 눈도 싹을 틔우지 않는다. 하지만 어느 순간 밤나무의 눈도, 대추나무의 눈도 연두빛 싹을 활짝 펼쳐내리라. 그리고 가을이 오고 추석이 오면 어김없이 토실토실한 밤알과 대추알을 내어놓으리라. 밤알과 대추알만이 아니라 "雪山 너머 차가운 사람"도 밤알과 대추알처럼 살짝 오시리라. 화자는 지금 밤나무와 대추나무의 심연을 생각하며 깜깜한 시간들을 위로받고 있는 것이다. 기다림을 익히는 일이야말로 내공을 지니는 일이 아닐까. 간절한 것을 지니고 사는 일은 슬픔과 기쁨의 양면을 동시에 아우르며 사는 일이다. 기다리는 것이 올 날을 꿈꾸는 시간들은 경건한 설렘으로 가득하기 마련이다. 기다리는 시간은 우리로 하여금 옷깃을 여미게 할 뿐만 아니라 하심(下心)을 갖게 한다. 따라서 토실토실 여물어 몰록 오실 당신을 기다리는 일은 또한 토실토실 나 자신을 키우는 일이기도 하다. ⓐ

# 춤추는 만득이

함민복

우리들 애칭은 춤추는 고무풍선이야
우리들은 바람을 일으키려
개업하는 곳에서 자주 판을 벌이지
살도 뼈도 근육도 다 바람이고
바람이 없으면 일어서지도 못하는
우리들은 순수한 바람의 자식들이야
엉덩이 허리 가슴의 곡선도 지웠어
오직 바람이 통하기 편한 몸매지
내부의 바람이 우리들 신명이야
내부에서 외부로 향하는 바람으로
팔을 흔들고 목을 돌리고 허리를 꺾지
외부의 바람과 어우러지는
나무들의 춤과는 격이 다르지
외부의 바람이 심한 날은 오히려
춤사위가 흐트러질까 싶어 아예 쉬지
스텝은 없어 스텝은 파멸이야
음악도 상대도 필요 없어
가급적 곡선을 버리고 직선을 택하며
혼자 즐기면 되는 거지
바람 춤을 출 때만 우리는 우리가 될 수 있어
동작이 단순하다고 흉보지 마
앞뒤 양면의 얼굴로 보고 있으니까
이건 수직으로만 솟아오르는 춤이야

잘 봐
우리들 춤이 무엇을 닮았는지

(현대문학, 7월호)

신장개업을 하는 곳이면 어김없이 나타나 허위허위 휘적이며 춤사위를 쉬지 않는 고무풍선들은 이제는 거의 친숙해진 존재들이다. 이 시에서는 이들이 직접 목소리를 내고 있다. 이름도 있다. "만득이". 무엇이든 얻을 수 있는, 이 아니라 무엇이든 얻을 수 있도록 도와주는 존재들이다. 부르는 곳은 어디든 달려가 지치지도 않고 춤을 춰준다. 온몸이 바람이고 바람으로 살아가는 바람의 자식들이다. 바람춤에 있어 라이벌이라고 할 수 있는 나무들과는 격이 다르다고 항변한다. 나무들은 외부의 바람과 어울려서만 춤추지만 자신들은 내부의 바람만으로 춤출 수 있다나. 순전히 내부의 바람만으로 끝없이 신명을 내니 대단하기도 하다. 외부의 바람이 심한 날은 춤사위가 흐트러질까봐 아예 쉰다고 너스레를 떤다. 음악도, 파트너도 없이, 혼자서만 즐기는 만득이의 바람춤은 수직으로만 솟아오르는 불꽃 같은 춤이다. 끝없이 팽창하려는 자본주의의 욕망을 닮은 춤사위. 솟구쳐 오르는 듯 하다 허무하게 무너져 내리기를 반복하는 이 춤사위는 불안하고 공허하기 그지없는 욕망의 율동이다. (c)

# 눈빛

허 연

(기껏 복숭아씨만 한 사람의 눈이라는 게 여간 영묘하지 않아서 그것
하나 때문에 생을 다 바치는 자들이 적지 않았다)

당신을 절벽으로 밀었네. 그 눈빛 서늘하게 며칠을 갔지만 돌아서면
까맣게 잊기도 했네

비가 오면 빗방울을 세기도 했네. 빗방울 속에 그 눈빛 있었네. 절벽
으로 밀어버린 그 눈빛 있었네

그래도 그 눈빛 좋아 죽었네. 세상 어느 끄트머리 가슴을 쥐어박으며
좋아 죽었네. 그 눈빛 좋아 죽었네

사랑은 어디서든 죽고
불길한 기다림은 눈빛으로만 돌아왔네
눈빛만 그 세월을 넘었네

원망을 차가웠지만 눈빛만은 붉었네

생을 기다림으로 채우게 하는
그 눈빛 있었네

(서정시학, 가을호)

"**술은** 입으로 들어오고/사랑은 눈으로 들어오네/우리가 늙어서 죽기 전에/알게 될 진실은 그것 뿐"이라고 예이츠는 노래했다. "지금 그 사람 이름은 잊었지만, 그 눈동자 입술은 내 가슴에 있네"라고 박인환은 읊조렸다. 사랑의 눈빛은 이름보다도 강렬하고 오래 남는 법. 이 시에서는 사랑은 죽고 없는데도 눈빛만은 살아서 움직이는 기묘한 상황을 그리고 있다. 이 시에서 눈빛은 독립된 개체처럼 자발적으로 움직인다. 잊었는가 싶으면 불쑥 나타난다. 세월조차 눈빛을 이겨내지 못한다. 사랑의 마음은 절벽으로 밀어낼 수 있어도 눈빛만은 살아남아 수시로 나타난다. 어떤 눈빛은 누군가의 생을 기다림으로 채울 정도로 강력하다. 눈빛은 마음을 비추는 등불 같아서 그 빛에 이끌리면 한생을 다 바칠 수도 있다. 눈빛이 살아 있는 한 그 사랑을 멈추지는 못하리. ⓒ

# 사행천

홍일표

뱀이 남긴 것은 밀애의 흔적입니다 어디에 가도 꽃의 언저리를 감도는 붉은 숨결입니다 구불구불 이어지는 시냇물을 따라가다보면 나는 한마리 뱀으로 당신을 휘감습니다 가끔 반짝이는 웃음소리에 돌들이 물방울처럼 튀어오르고 나는 둥글게 부풀어오른 만조의 바다가 됩니다

풀숲을 빠져나간 뱀이 허리띠로 감겨 있습니다 진달래 눈부신 해안선을 들고 봄의 옆구리로 향하던 사랑이었습니다 머리 흰 사내였던가요? 파도를 타고 내달리던 미명의 노래였던가요? 동해를 묶은 길고 눈부신 바닷길에서 풀려나오는 푸른 뱀의 무리를 봅니다 수만 마리 불멸의 젖은 영혼들입니다

마침내 멀리 돌아온 길이 하늘로 향합니다 밤바다에서 타오르는 불길이 산과 바다를 지나 슬픔의 곡절 다하는 허공에 닿습니다 온몸이

(창작과 비평, 여름호)

**구불구불한** 사행천은 들판의 구석구석을 감돌아 흐르며 꽃을 피우고 바다를 부풀린다. 물과 땅의 "밀애"라 할 만하다. 사행천이 돌아나가는 해안선의 색채는 눈부시다. 진달래는 분홍빛으로 타오르고 동해는 "눈부신 바닷길에서 풀려나오는 푸른 뱀의 무리"로 꿈틀거린다. 「헌화가」의 머리 흰 사내가 금세라도 나타날 듯 밀애의 분위기가 물씬 풍긴다. "수만 마리 불멸의 젖은 영혼들"이 파닥이는 동해의 길고 눈부신 바닷길로 이어지는 사행천의 흐름은 농염하기 그지없다. 강이든, 들이든, 파도든 온통 구불거리며 타오르는 풍경이다. 달아오르는 대지의 열기로 마른 나뭇가지에 분홍물이 오르고 사행천은 다시 연록의 들판 위를 감돈다. 하천과 대지의 만남이 이토록 에로틱하게 묘사될 수도 있다니! 봄의 사행천과 들판은 붉은 숨결과 뜨거운 몸부림으로 가득하다. (c)

# 도자기

황구하

　도예공방 석운 선생, 흙빛 말갛게 깨어나는 새벽녘까지 술 들고 잠 한 숨 들이지 못한 채 오전반 수업을 하시는데요 조막손으로 흙 조몰락거리던 한 녀석 슬며시 다가와 속삭이듯 선생님, 희한한 냄새가 나요 어, 허, 불콰한 얼굴 더 붉어져 어찌할 바 몰라 물레만 빙글빙글 돌리는데요 선생님한테 도자기 냄새가 나요, 분청사기 박지연꽃 물고기무늬 네 귀 달린 항아리, 숨 고르며 깊어진 세월 당신 몸에 스며든 줄도 모르고, 온전히 온몸 꽃불 피운 줄도 모르고 그만 꾸벅 아이한테 절했다지요 고 어린 말씀 하나가 외딴집 불가마 활활 지폈는데요 세상 가장 낮은 몸으로 흙 한 타래 물 한 됫박 햇빛 한소끔 둥그렇게 모두어 자근자근 꼬박 미는 도자기 한 채, 흙으로 와 비로소 몸을 얻은 물고기 한 마리 허공 바람 한 필 지 읊고 있었습니다

(내일을 여는 작가, 상반기호)

**"도예공방** 석운 선생"은 밤새 무슨 일로 잠을 못 이루고 새벽녘까지 술을 마셨을까. 선생은 밤을 지새우며 가마 가득 도자기를 들여놓고 불을 지피면서 그것들이 아름답게 구워져 나오기를 기다렸는지도 모른다. 그런데 오전반 수업을 받으러 온 아이들 중 "조막손으로 흙 조몰락거리던 한 녀석"에게 "희한한 냄새"를 감추지 못하여 들키고 말았다. . 그 냄새는 "도자기 냄새", 즉 조선의 "분청사기" 냄새요 긴 세월 동안 전통 도자기의 맥을 이으며 온몸으로 피운 "꽃불"의 향기인 것이다. 그렇게 선생은 "외딴집 불가마 활활" 지피며 외로움을 스스로 택하고 "세상 가장 낮은 몸으로" 선조들의 예술혼을 되살려 새롭게 꽃피워 가고 있다. 밤을 지새우고도 "꾸벅 아이한테 절"하며 그 전통을 이어가려는 선생은 그대로 "도자기 한 채"가 되어 새로운 새벽을 열어가고 있다. (b)

# 저녁의 게임

황인찬

코트에 저녁이 내리고 있었다

저녁이 내린 코트에 비가 내리고 있었다 부서지는 것은 코트가 아니
라 저녁이었고 난반사하는 조명이 저녁을 은폐하였다

우산을 쓰고 너와 걸었다
빗속의 코트를 가로지르는 학생들을 가로지르며

코트는 눈과 비에 훼손되지 않는 훌륭한 것이지만 흙탕물이 이리저리
자꾸만 튀는 것이고, 너는 이미 진흙투성이인 것이 되어서 걷고 있었다

이런 곳으로 데려와서 미안해
미안한 얼굴로 네가 말해서 아니야 기쁜걸 내가 답했다

우산을 쓰고 너와 걸었다 빗속의 코트를 가로지르며
진흙투성이의 어떤 인생을 생각하며

이 저녁에 부서지는 저녁을 보고 있었다
꺼지기 직전의 연약한 빛들이 코트 위에 고인 채 명멸하는 것이 보였다
저 멀리 빗속을 달리는 학생들이 보였다

저녁에 잡아먹히고 있었다

(현대문학, 1월호)

# 폭로(暴露)

천수호

**코트에** 저녁이 내리는 시간이다. 저녁과의 게임이 시작된다. 처음에는 저녁이 부서진다. 코트에 난반사되는 조명에 저녁이 가려진다. 저녁이 어울리지 않는 코트에, 더구나 비가 오고 있는 코트에 너와 우산을 쓰고 걷는다. 코트는 눈과 비에 훼손되지 않는 훌륭한 것이지만 흙탕물이 이리저리 튀어 진흙투성이가 된다. 너 역시 눈과 비에 훼손되지 않을 정도로 훌륭하지만 이미 진흙투성이가 되어 있다. 빗속에 코트를 걷고 있는 이 인생은 진흙투성이다. 비와의 싸움에서 이들은 왠지 힘겨워 보인다. 빗물은 조명도 삼키기 시작한다. "꺼지기 직전의 연약한 빛들이 코트 위에 고인 채 명멸"한다. 빛은 점점 힘을 잃어가고 어둠은 점점 강해진다. 저 멀리 빗속을 달리는 학생들이 "저녁에 잡아먹히고 있"는 모습이 보인다. 저쪽에서 이 연인들을 건너다 보면 이미 어둠에 잠식되고 있을 것이다. 어느새 게임은 어둠이 주도하고 있다. 가난한 연인들의 안쓰러운 사랑이 감각적인 이미지의 교차 속에서 애잔하게 펼쳐진다. (c)

# 곳과 것

바람이 투명한 새처럼 내려와
우물가로 장독대로 돌 곁으로 갔다가 온다
낙엽 구르는 소리
모아다 놓는다 뜰 주위에 가득

(문학동네, 기을호)

오래 구애를 한 곳에서
소리는 빛을 구부린다
모든 해가 짧아지는 계절

너는 가고 싶었고
네가 없었던 곳의 둘레엔
촛농이 흐른 내 입술이 있다
일테면 부리, 라 불리는 이것과 이곳

물집이 생긴 더운 말들이 가지 끝에서 가늘게 떨리는 그때
우리가 사랑하지 않아서 돌아서는 건 아니다
낙엽을 굴리는 투명한 새의, 작고 쫑긋한 발들에 대해
그 작은 발들이 디뎌온 곳들에 대해
것들을 건너온 곳들
그곳을 구부려 그것에 닿는
시간에 대해

천년 동안 내내 필경사였던 기억처럼

291

그곳이 있고 그것이 있다
그것이 있었고 그곳이 있었다

종종 잎사귀에 빙하의 얇은 혀를 씻는
밀어 깊이

강원도 정선군 북면 구절리에 있는 인공폭포인 대 전국에서 가장 큰 폭포라고 한다. 그 물이 다 말라서 폭포의 길인 "폭로(瀑路)"가 드러났을 때 그 형상이 여성의 몸 일부와 흡사하다는 것이다. "폭로(瀑路)"는 감춰진 비밀이 드러낸다는 뜻을 가진 '폭로(暴露)'와 동음이어이다. 그런데 "더 이상 물이 흐르지 않"아서 "폭로(瀑路)가 되었"다는 것과 그 "바닥이 드러나다"거나 "혀도 함께 허물을 벗었다"는 표현으로 변용되며 그 의미가 반복된다. 그리고 "폭력과 협력과 괴력이 함께 다 지나가버린/울컥한 잠적"과 "폭로(瀑路)가 활짝 열려 있다"는 시행들로 이어지면서 '폭로'라는 시니피앙에 새로운 시적인 의미를 생성한다. 이처럼 폭포에 물이 흐를 때라야 비로소 "폭로(瀑路)"를 씻는 역할을 하듯 입속에서 말이 터져 나올 때 폭력이 되기도 하고 협력을 하며 괴력을 보여주기도 한다. 누군가에게 감춘 것을 활짝 열어 보일 때 모든 것이 '폭로'된다는데 거기 흐른 것이 물뿐이었을까. (b)

(작가세계, 봄호)

# 모과빛

**지극히** 투명하고 섬세한 시이다. 소리와 빛의 움직임이 잡힐 듯 선명하다. 바람이 뜰의 이곳저곳을 돌며 낙엽을 굴리는 소리와 형상이 눈앞에서 펼쳐지는 듯하다. 소리와 빛의 어울림은 이뿐만이 아니다. "오래 구애를 한 곳에서/소리는 빛을 구부린다"니. 구애의 소리가 빛이 구부러지도록 계속되었다는 것인가? 해가 짧아질 때까지 이 구애는 계속되었을 것이고 "물집이 생긴 더운 말들"이 떨려 나온다. 너와 나는 사랑하지 않은 것은 아니지만 돌아서 있다. 너와 나의 거리 사이에 "낙엽을 굴리는 투명한 새의, 작고 쫑긋한 발들"이 있다. 투명한 새, 즉 바람은 많은 곳들을 디뎌왔고 오랫동안 계속되어 왔다. "천년 동안 내내 필경사였던 기억" 속에서 투명한 새의 작고 쫑긋한 발들은 얼마나 많은 시간을 기록해놓았을까? 그곳에는 태고의 기억을 간직하고 있는 빙하의 얇은 혀를 씻는 밀어조차 기록되어 있을 것이다. (c)

293

이 시는 아주 익숙한 풍경화 한 편을 보여준다. 늦은 가을 산자락의 외딴집과, 그 주변의 풍경들을 그려내고 있는 것이 이 시이기 때문이다. 이 시가 보여주는 풍경화의 주된 색조는 세목처럼 "모과빛"이다. 모과빛을 주된 색조로 하는 이 시의 풍경화는 "저녁밥 짓는 연기가 표대기 모양 집을 감싸고 있"는 장면부터 포착한다. 그런 뒤에는 "호박 넌출이 외따로 떨어진 헛간 위로 차고 올라가 시들어 있"는 모습을 보여준다. "사위어가는 햇살이 마당귀 배추밭에 한 해의 마지막 기름을 기울여 붓고 있"는 장면도 모과빛이기는 마찬가지이다. "산골바람이 배추를 쓰다듬으며 속살이 차오르게" 하는 늦은 가을, "집주인도 강아지도 손님으로 와 엎혀살고 있는" "산자락 외딴집"에는 "삼십 촉 백열등"도 "모과빛으로 번져 나"오기 마련이다. 이 시에 객관적으로 등장하는 산골의 사람들과 사물들의 경우 실제로는 모두 주체적인 존재들이다. 그런 연유로 시인은 "그들은 '그들'이 아니라 자기 자신으로 살다 갈 것"이라고 예언한다. 그런데 지금 이처럼 평화로운 마을이 어디에라도 있기는 있는 것인가. (a)

# 바람의 눈이 당신을 복기(復碁)*한다

최석균

진작 들렀더라면 새로 열렸을 길들이 문을 열고 마중 나온다. 뒹구는 돌밭길, 하나둘 들춰보는 돌멩이 밑엔 판독 못한 암호문이 별처럼 눈을 뜬다. 그 음을 기억한다. 그 감을 기억한다. 추억의 공유가 하늘에 별을 띄웠다가 쏠고 띄웠다가 쏟는다.

별 천지. 시간여행의 문이 열렸으니 블랙홀 속으로 뛰어들어야지. 골목 하나에 추억 하나를 데리고 막다른 길 끝까지 달려가야지. 먼지 같은 생각까지 빨아들이는 길. 어디서부터 눈이 먼 길까. 몇 번을 헛디딘 걸까. 비뚤게 걸어간 발자국들이 걸러진다. 묻혔던 화석이 입을 연다.

돌무덤에서 수순대로 돌을 들어 올리는 손이 있다. 손끝에서 회오리바람이 분다. 바람의 눈이 혼돈의 골목을 누비며 당신 걸음을 복기한다. 쌓고 허문다. 돌멩이마다 저장된 별들 짓다가 반짝거리다가 이별을 한다.

번 두고 난 바둑의 판국을 비평하기 위하여, 두었던 대로 다시 처음부터 놓아 봄.

(시사사, 9~10월호)

## 2014 오늘의 좋은 시

인쇄 2014년 2월 20일 | 발행 2014년 2월 25일

엮은이 · 이은봉 · 김석환 · 이혜원 · 맹문재
펴낸이 · 한봉숙
펴낸곳 · 푸른사상사
주간 · 맹문재 | 편집 · 지순이 | 교정 · 김소영, 김재호

등록 · 제2-2876호
주소 · 서울시 중구 충무로 29(초동) 아시아미디어타워 502호
대표전화 02) 2268-8706(7) | 팩시밀리 02) 2268-8708
이메일 prun21c@hanmail.net
홈페이지 www.prun21c.com

ⓒ 이은봉 · 김석환 · 이혜원 · 맹문재, 2014

ISBN 979-11-308-0172-8 03810
값 14,000원

**프루스트는** 숲 속의 두 갈래 길을 보며 가지 않은 자신의 인생 길을 비유했었다. 그러나 어디 두 갈래 길뿐이겠는가. 인생길에는 "진작 들렀더라면 새로 열렸을 길들"이 무수히 많다. 흰 돌과 검은 돌이 이루는 길들이 무한한 조합을 이루는 바둑처럼 인생길도 그러하다. 뒹구는 돌밭길의 돌멩이 하나하나에는 판독 못한 암호문들이 가득하다. 바둑의 복기처럼 인생길의 돌멩이들을 복기해볼 수 있을까? 바둑의 돌과 돌밭 길의 돌멩이와 하늘의 별이 그리는 길들은 모두 점을 이어 그린 선으로 이루어져 있다. 바둑의 복기처럼 첫 돌부터 마지막 돌까지, 별 천지라면 블랙홀의 순간부터 현재까지. 추억의 막다른 골목부터 하나하나를 그집 어내보면 묻혀 있던 추억의 화석들이 입을 연다. 돌무덤처럼 한 무더기 추억이 쌓여 있는 곳에는 '당신'의 걸음이 가득하다. 난마같이 얽힌 길이 거기 있다. 당신과 나 사이에는 무수히 많은 가보지 않은 길들이 들어 있을 것이다. '바람의 눈'만이 볼 수 있는 무수한 망설임과 착오의 자취들이. ⓒ